流恋《はぐれ》情話《じょうわ》

——昭和淫侠伝

沢里裕二

Yuji Sawasato

上村一夫氏に捧ぐ

目次

装画　上村一夫／上村一夫オフィス
装幀　遠藤智子

流恋情話——昭和淫侠伝

第一章　津軽まんじゅう節

1

寒い。津軽《つがる》の春を舐《な》めていた。

長岡修造《ながおかしゅうぞう》は小千谷縮《おぢやちぢみ》の胸襟《きょうきん》に右手を差し込んだまま、身体をぶるんと震わせた。単衣《ひとえ》のまま羽織も着ずに来た自分が悪い。指先まで冷えてしまっている。

指が震えてはまずい夜だ。

気合を入れ直すつもりで左手で銀鼠色《ぎんねずいろ》の兵児帯《へこおび》をぽんと叩き、砂利道を急いだ。

右手に見える堤川《つつみがわ》の川面《かわも》に、夥《おびただ》しい数の桜の花びらが帯状に浮かんでいた。散りゆく桜ほど美しいものはない。

人の命も同じこと。散り際が肝心だ。

――散りぬべき　時知りてこそ　世の中の　花も花なれ　人も人なれ　と言うではないか。

修造は秀林院《しゅうりんいん》の辞世の句を胸底で唱え、それでも生きてここから逃れられたら、いつかあの川面の桜のような帯を奈緒子《なおこ》に締めさせてやりたいと願った。

と本殿の方からその奈緒子が弾《ひ》く三味線《しゃみせん》の音が聞こえてきた。

艶《なま》めかしい音だ。

修造は覚悟もあらたに栄町《さかえまち》神社の鳥居をくぐった。

戻れぬ河を渡った――そう思った。

境内はすでに盛況を呈している。アセチレン灯《ランプ》の油臭さに綿菓子の原料のひとつ、ザラメの匂いが相まって、宵宮《よいみや》独特の香りを醸《かも》し出していた。

「寄ってらっしゃい、見てらっしゃい。へえ、どうです、そこの着流しの旦那、綿菓子でもひとつ」

「イカの丸焼き、タコ焼き、焼きそばもあるよっ」

左右に居並ぶ屋台の中から、青竜興業《せいりゅうこうぎょう》の男衆《おとこし》の威勢のいいダミ声が飛んでくる。何れも凄《すご》みのある声だ。

修造は男衆の顔を一人ひとり覗き込みながら、ゆっくりと歩を進めた。

一軒の屋台の軒先に掛けられたトランジスタラジオから村田英雄《むらたひでお》の『王将』が流れていた。

去年からヒットしている曲だ。

ラジオの音量が大きすぎて、村田英雄の声は割れていた。片眉を吊り上げ、虚勢を張って歌うその様子は自身の境遇を歌に仮託しているように見えた。

それでも歌の文句を男衆のひとりがなぞっている。

修造も同じ気持ちであった。勝負に挑む棋士《きし》の心情が、修羅場へと向かうおのれの心境と重なる。

――俺の人生も吹けば飛ぶようなものだ。

不意に虚無感がこみ上げ、懐《ふところ》に入れた手で鉄の塊《かたまり》の感触も確かめた。冷たい道具も少しは体温に温められ手触りがよくなっていた。

本殿へと進むほどに三味線の音が大きくなってくる。奈緒子の奏でる音だと、すぐに判った。

本殿の脇に仮設された小さな舞台の周りにはすでに人垣が出来ていた。

名調『津軽じょんがら節』の音《ね》はその人垣の中から流れてくる。

三味の音には、修造の思惑通りの艶《いろ》が迸《ほとばし》っていた。

女三味線師、中川《なかがわ》奈緒子の実演である。

舞台に近づくほどに、肌寒かったはずの空気を生温かく感じるようになってきた。聴衆の熱気のせいだ。淫靡《いんび》な熱気であった。

いい調子だ。

修造は人垣の中に入った。

舞台の端に「津艶流《つえんりゅう》　中川奈緒子」と籠《かご》文字で大書された捲《まく》りが風に靡《なび》いている。

舞台といっても高さ二十寸（約六十センチ）、三間（約五・五メートル）四方の平台が置かれただけのものだ。奈緒子はその中央で丸椅子に座って弾いていた。

すでに淫《いん》の境地に入っているようで、目はトロンとしていた。

三味の胴部を太腿《ふともも》の上に直立するように置き、腰を揺すりながら弾く、独特な奏法だった。

一音一音を撥《ばち》で力強く弾くと同時に、尻をくいっ、くいっと振る。その仕草は、男の股に跨《また》がっているような腰つきだ。

――たいした女《たま》だ。

修造は角刈りの頭を掻《か》いた。

あの女の身体《からだ》は、隅々まで知っている。

孔《あな》という孔もすべてだ。

乳房は量感たっぷりで、その頂にある乳首は巨粒で、いつでも物欲しそうに腫《は》れている。腿と尻はむっちりで、陰毛は下品なほどに旺盛に生い茂っている。

卑猥《ひわい》という言葉をそのまま形にしたような裸体だった。

そのうえ、性格は前代未聞のお人好しなのだ。

——だから、手放すわけにはいかない。

丹精込めて仕立てた色三味線師を興行師などにいいように使わせはしない。

男三十二歳にして、初めて惚《ほ》れた女だ。


奈緒子の演奏を見ている観衆たちの腰が微妙に揺れ始めた。

自然に奈緒子の腰の振りにあわせてしまうのだ。

男も女も三味の音に耳を傾けながら、腰を揺すっている。この音を聴いたらそうせずにいられなくなるだろう。

狙い通りだ。修造は溜飲《りゅういん》を下げた。

丸椅子に押しつけられた奈緒子のまん処《しょ》では、すでに大小の陰唇はいま左右にくぱっと割れているはずだ。

さて棹《さお》の具合はどうであろう？

修造がそう思い、三味線の胴体の下あたりを凝視しようとした時だった。

「なんだか。この三味線師、凄くいやらしべ」

と観衆の女が声を上げ、スカートの上から股間を押さえた。三十ぐらいの事務員風だ。

「んだ。下のまんじゅうで弾いているんでねが。なんだが女子《おなご》のまんじゅうの匂いがすっぺ」

連れの男が返す。ダボシャツに腹巻をした四十がらみの男だ。

「あんだぁ、こんなところで、まんじゅう、まんじゅうって連発すんな。まわりに聞こえるべさ」

と女が耳朶《みみたぶ》を紅くしながら男の背中を叩いた。

「んだども、あの腰つき見でだら、へっぺこきたくなるべ。あっちさいって、こそっとハメねが？」

男が境内の奥の木立に顎《あご》をしゃくった。

「はんがくさいっ」

女は男の口を押さえたが、目は同意するかのようにぎらついていた。

『まんじゅう』は女のアソコで『へっぺ』は肉交を表す津軽の方言だ。『はんがくさい』は差し詰め『サイテー』という罵《のの》り言葉か。

そう言ったわりに、女は男に手を引かれると、さして抵抗もせず、闇の中に浮かぶ木立のほうへとついていった。

一の弦が、ずんと重い音を奏でた。

同時に奈緒子の双眸《そうぼう》がかっと見開かれる。

一回昇《い》った。

修造はそう確信した。

——穴も芽も擦りつけやがった。

「すげえな。この弾き方は画《え》になる」

とカメラを構えた若い男が言った。イントネーションが標準語だった。久しぶりに聞く標準語に、耳が安堵《あんど》した。

カメラを構えた男は左腕に「毎朝新聞」の腕章をしていた。記者だ。支局員だろう。新聞記者は盛んにフラッシュを焚《た》いて、演奏する奈緒子を撮っていた。

フラッシュの光りにふたたび奈緒子も興に乗ってきたようだ。

閃光が飛ぶごとに、腰をガクンガクンとくねらせる。

「いいぞ、いいぞ、その顔だ」

記者は夢中になりだしている。

「あぁ」

三味をかき鳴らしながら、奈緒子が夜空を仰《あお》ぎ喘《あえ》いだように見えた。

ど淫乱な表情だ。

人垣の中ほどで、並んで観ていた女学生三人が、揃ってセーラー服の股間を押さえ、尻をくねらせていた。

真ん中のおさげ髪の女学生などは、押さえるだけではなく、こっそり人差し指を動かしている。乳も触りたいようで手を伸ばすが、さすがに人目を憚《はばか》ってか、すぐにひっこめていた。背後の男たちがなんとなくその様子に気づいている。女学生の尻を撫でるのは時間の問題だろう。撫でて撫でさせ、北国の春を楽しめばいい。

よし奈緒子、その調子だ。客をもっと乗せてやれ。

修造は三味線を凝視した。

特殊な構造の三味線である。修造が浅草《あさくさ》の工房に籠《こも》り、懸命に作り上げた『淫三味線』だ。

普通、右腿の上に胴部を乗せて弾くものだが、奈緒子は胴部を股間の中心に置いて弾いている。そうしなければ置けない構造になっているのだ。

艶やか過ぎる音もそのせいである。

胴部の下からも棹が伸びているのだ。五寸（約十五センチ）ほどの棹だ。

弦の張ってある棹を『本棹』。下に付いているのが『逆棹』。修造と奈緒子はそう呼び合っていた。

奈緒子はその逆棹にまん処の女芽《めめ》を擦りつけながら弾いているのだ。股を開かない限り、見られることはない男根ほどの棹だ。

修造は、ほくそ笑んだ。

まもなく津軽じょんがら節の聴きなれた主旋律が終わり、「即興」の速弾きに入る。

客がさらに淫気に見舞われるのはその時だ。

修造は固唾《かたず》を呑んで、その瞬間がくるのを見守った。

津軽三味線の見せ場は即興にある。

奈緒子の場合は見せ場を超えて淫場となる。

修造は、ふたたび懐中に手を入れた。鳩尾《みぞおち》のあたりに、冷たい鉄塊が眠っているのを確認する。

仕掛けは三味線ばかりではない。座っている丸椅子にもあった。

椅子の面からやはり五寸の淫棒が出ている。奈緒子は、その棹をおまん処の孔に挿入《そうにゅう》したまま弾いているのだ。

騎乗位のように見えるのではない。

本当にまん処に淫棒を挿《い》れて弾いているから、いやらしいのだ。

一の弦を弾いては、眉間《みけん》に皺《しわ》を寄せる。

同時に両腿をきつくすり寄せ、腰を振る。

奈緒子の額ににじり汗が浮かび、鼻の孔が開いた。絣《かすり》の裾《すそ》が徐々に開いてくる。奈緒子がみずから股を開きはじめているのだ。

濡れたまんじゅうと、刺さった棹を、そろそろ見せたくなったようだ。

この助平女め。まだだ。まだ開くんじゃねぇぞ。

そこを辛抱したら、もっと音が濡れるはずだ。

修造は、懐に手を入れたまま、前に進み出た。懐に忍ばせた拳銃の銃爪《ひきがね》に指をかける。

津軽じょんがら節がとうとう即興に入った。

野太い音に圧《お》されて桜の花びらが、昂然と夜空に舞い上がった。

奈緒子が眼を閉じた。口は半開きで、鼻孔の開閉が速くなる。

その領域に入ったようだ。

一の糸、二の糸、三の糸に指をめまぐるしく這《は》わせ、撥を乱打させはじめた。

「おぉっ、悩ましすぎるぞ」

新聞記者が、舞い散る桜の花びらを払いながら、叫んでいる。

女盛りの三味線奏者、中川奈緒子と淫具屋《いんぐや》の自分との一世一代の淫場がはじまったのだ。

——さあ、肉まんじゅうを、蒸《ふ》かしやがれ。

長岡修造、またの名は浅草『浅深屋《せんしんや》』十六代目淫具屋半兵衛《はんべえ》だ。

これを最後の大仕事として拵《こしら》えた一世一代の淫具、淫三味線は、胴部の皮の上に張った弦を叩けば振動が本棹と逆棹の双方に向う。

糸巻と本棹で乳房と乳首を擦《こす》り、逆棹でサネを震わせる仕組みになっているのだ。

さあ、お立ち合い、見やがれ、聴きやがれ。

舞台で奈緒子が股を開いた。

が、すぐに閉じる。

フラッシュにまん処が点滅したようだ。

新聞記者は自分の眼を疑っている。

一瞬だが陰毛と逆棹が見えたはずだ。それも擦っている様子をだ。

丸椅子から伸びた淫棒を挿入しているとは気づかなかっただろう。

まだ尻の上下運動までやっていない。興にのれば、奈緒子はそれをやる。

修造の瞼《まぶた》の裏に、奈緒子の身体の中心に潜り込み、練乳のような愛液に塗れた淫棒の様子が浮かぶ。

修造は鼻を鳴らした。まん臭がここまで届いてくるようだ。

目を瞑《つぶ》ったまま弾く奈緒子の顔にさらに艶がさしてきた。

遂に、奈緒子が、がばっがばっと、股を開閉しはじめた。まだ誰も気づかないほどの早業《はやわざ》だ。

修造のほうへ少し向きを変えると、一瞬大きく開いて止めた。腰を浮かしてまた下げた。一、

二、三と数えるほどの間だ。修造にだけ見せてくれたような感じだ。まん処も逆棹も淫棒も光って見えた。
愛おしい。

やはり、このまま寺森《てらもり》に返す気にはなれない。

さあさあ、もっと撥をきつく叩け。

津軽三味線は打楽器だと言ったのは、おめぇじゃないか。サネを叩いて潰《つぶ》しやがれ。俺の方はこの宵宮を叩き潰してやる。

目の前で、まんじゅうを割り、サネを潰している女のために、修造は懐中の鉄塊に手を当てたまま、客溜まりの前方に歩を進めた。

この八か月余りの出来事が走馬灯のように脳裏に浮かぶ。

2

去年の夏のことだ。

「親分さん。そいつはあっしのような、ただの指物師《さしものし》には荷が重すぎやす」

酸ケ湯《すかゆ》温泉の旅館の大広間。

修造は畳に頭を垂れて、断りを入れた。

話の相手は口をへの字に曲げたまま無言だ。仕方がないので修造が続けた。

「確かに、以前は三味線職人でござぁんしたが、あっしが扱っていたのは常磐津《ときわず》の細棹。津軽三味線となれば、同じ三味でもまったく別物で。関東者のあっしが手を出せる代物じゃあ、ございません」

一口に三味線と言っても違う種類の楽器と言った方が早い。沖縄の三線《さんしん》もまたしかりである。

「なあに、三味線と言っても、楽器を作ってくれと言ってるんでねぇべさ」

奥州路《おうしゅうじ》の最果て津軽にあって、全国に名を轟《とどろ》かせている大物興行師、『青竜興業』の会長寺森彬《あきら》は紋付き羽織姿で腕を組んでいた。

通称「鬼寺《おにでら》」。

紋は丸に竜だ。

寺森は修造の表情をすでに見通している様子だった。

「親分さん。ひらに」

五十畳はあるだろう大広間の左右には黒い背広を纏《まと》った男衆たちが居並び、凄味《すごみ》を利かせている。

その中央に修造は座らされていた。

修造の額から汗が畳にしたたり落ちた。

夏の日の盛りだというのに、零《こぼ》れ落ちてきたのは、冷たい汗だった。

「長岡さん。そしたらすげねぇごと言わねぇでさ。まんず女ば、観てくれねぇべがな」

寺森の鋭い視線を、丸めた背中にひしと感じた。

津軽弁の間延びした言い回しとは裏腹に、その言《げん》には有無を言わせぬ凄味が籠《こ》められていた。

修造が淫具屋であることをすでに承知の上での注文なのである。頭を上げた。下げていても無意味であった。

「断れんようですな。どうしてもと……」

そう答えると、寺森が大きく頷《うなず》いた。

所詮こちらは女衒《ぜげん》以下の裏職人。切った、張ったが本業の侠客《きょうかく》相手に断わりを入れられるほどの立場ではない。

「仕方ありませんな。そしたら、まず女を拝見しましょう」

恨むべきは、寺森の愛妾《あいしょう》、染子《そめこ》である。まったく余計な口利きをしてくれたものだ。

寺森が、ポンと手を打った。

襖《ふすま》の開く音がして、ふたりの男が着物姿の女の両脇を抱えて入ってきた。地味な鼠《ねずみ》色の木綿の着物だ。

女はいきなり畳の上に放り投げられ、転がった。

放り投げたヤクザ者を見上げて睨《にら》んでいる。

「奈緒子って名で舞台にあげでるんだがな、どうにもこうにも三味線の音に色気がねえ。ほれこの通り愛嬌《あいきょう》もねぇがら、この歳になっても身請けする旦那も現れねぇ。どうがね、修造さん、あんたの道具で少しいい色に染めでくんねぇがね。もちょっと違う興業ば、考えているはんでな」

すでに三十路《みそじ》も過ぎただろう女が、修造の横で頬《ほお》をふくらませていた。

丸顔。唇はぽってりと厚く、半開きだ。確かに野暮な顔つきだが、肌の白さに驚かされた。この肌が桃に染まれば、恐ろしいほどの艶が出るだろう。

「淫具屋、長岡修造、謹《つつし》んで拝見いたしやしょう」

修造は奈緒子の顔を睨みつける。

奈緒子の瞳の表には、怯《おび》えが浮かんでいた。が、その裏側には、どんよりとした淫蕩《いんとう》な色が沈んでいる。

修造は眼にさらに力を籠めた。この女。根《ね》はすけべだ。

そう見立てる。

仕込めば相当な色気が出そうだ。

田舎女を売れ筋の芸者や娼妓に変えていくのもこの淫具屋商売の醍醐味である。

修造は、寺森以下男衆たちが居並ぶ目の前で、奈緒子の身八口《みやつくち》から、いきなり手をこじ入れた。

奈緒子がビクンと身体を強張《こわば》らせる。

泣きも、叫びもしなかった。

拒《こば》むことが許されない稼業に属する女特有の諦《あきら》めの表情である。

修造は、奈緒子に自分と同じ立場を感じた。

蝉《せみ》が一斉に啼《な》いた。

奈緒子の代わりに嘆《なげ》いたようでもあった。

修造の指先がすっと女の乳房を捉えた。

豊満である。

熟れてはいるが弾力もあった。

修造は指を進めた。奈緒子の乳首に当たった。野苺《のいちご》のように大きな乳頭だった。

この乳頭に三味線の棹と糸巻を当ててやればいい。そうすれば弦の音ではなく、女の音が出るに違いない。

紅木《べにのき》と黒檀《こくたん》で擦れば、三味線ではなく身体が鳴ることだろう。

親指と人差し指で、女の乳首を挟み、捏《こ》ねてやる。

「あの、やめでけれ……」

はじめて奈緒子は言葉を発した。

が、腰を捩《よじ》ってその先を言うのを止めた。言っても、どうにもならないことを、知っている。たぶんそうなのだ。

修造は乳首を摘《つ》まむ指先にさらに圧力を籠めた。グイと潰す。万力潰しだ。

「あうっ」

正座した奈緒子の腰が崩れ、裾がにわかに乱れた。

「まいねじゃ……そしたら押したら、昇《い》ってまうべ……」

昇けばいい。修造は眼で言った。

奈緒子の鼠色の着物の裾と桃色の襦袢《じゅばん》が割れて、膝頭が覗く。慌てて両手で裾を掻き合わせようとしたが、乳首の刺激に耐えられないのか、着物の裾はさらに乱れるばかりだ。

そうだ。もっと崩れろ。

「勘忍してけろ。堪忍してけださいまっせ」

耳元で、奈緒子が唇を震わせて嘆願《たんがん》している。

両脚を絡《から》み合わせて、必死で淫気を堪えているようだった。

啼《な》け！

一度果てさせるまで、捏ね続けてやらねばなるまい。

修造はさらにもう一方の乳首に指を渡した。触っていた方の乳首より遥かに尖《とが》っていた。そのしこりを、ぎゅっと摘まむ。

「あうぅ！　そしだらふうに、ちょしまぐられだら……まいねっさ。まいねっさ」

津軽弁の『まいね』は『だめだ』という意味だ。

奈緒子の唇が濡れて、口が大きく開いた。唇の間に涎《よだれ》の糸が幾筋も曳《ひ》かれている。

股の間の口のようにいやらしかった。

鼻孔も開いていた。それでも乳首を捏ねまわしてやる。

「はぅぅぅ」

あまやかな声が次々に漏れ、襟元から一気に淫臭が舞い上がる。

「あぁぁ」

寺森と男衆たちは目を凝《こ》らして奈緒子を見つめていた。静まりかえった大広間に奈緒子の声だけが舞う。

「うぅぅ。いやぁ。恥《はん》ずかしいべ」

左右から男衆たちの生唾を呑む音が微《かす》かに混じった。寺森は上座であんぐりと口をあけたままだった。

修造は、左右の乳首を交互に捏ね続けた。

「そしたらに、こねねでけろ。いっぺえ人がいるし。私、おがしぐなるべ。あぁ、昇ってまうべ。いってまうべ」

衆目の中で、奈緒子の上擦った声が、一段高くなった。ふたつの乳首が、脂ぎっていた。

修造は身八口から手を抜き、奈緒子の背後に回った。

着物の胸襟をぐいっと広げ、乳房を剝《む》き出しにしてやる。

当の本人も持て余しているのではないかというほどの豊満な乳房がまろび出た。乳首はでん六豆のように腫れあがり、乳暈《にゅううん》にはぶつぶつと粒が立っていた。

猥褻《わいせつ》極まりない乳首だ。

「奈緒子、おめぇ、そんなすけべえな乳してだっけがや」

寺森が目を皿のようにして、下品なほどに膨《ふく》れた乳豆を見やっている。組の男衆たちも、膝を乗り出し、首を曲げて見入っていた。

「あぁ、見ねでけろ。私、すけべでねぇ。すけべな女子《おなご》でねぇ」

乳房を晒《さら》したまま奈緒子は泣き顔になった。羞恥《しゅうち》からか乳首はさらに凝り固まった。

修造は背後からその双乳を握った。ふもとから頂点に向かって、乳を絞り出すように握った。

「あはっ」

奈緒子の顎《あご》があがる。修造も勃起《ぼっき》した。呼吸が乱れるのを必死に抑えた。剛直を着物越しに奈緒子の腰裏に擦りつける。

奈緒子の尻がむずかるように動いた。

乳首を摘まんだ。くいっ、くいっ、と潰す。

「はうぅ」

「この女、乳首だけで昇けましょう」

とどめを刺すべく、盛大に潰してやる。鼻くそを丸める要領で、ぐにゅぐにゅと潰した。

「あぎゃぁ、いぐいぐいっ、いぐぅうううううう」

遂に奈緒子は憚らずに声を上げ、顎を突き出し、首に筋を浮かべ、激しく身を震わせ暴れた。

「親分さんに、昇く顔をしっかり見せて差し上げろ」

叱《しか》るように言い、修造は寺森に向けて乳首を絞り上げた。出るわけない乳を、飛ばすように押し潰す。

「あぁああああああああああ」

奈緒子は絶頂の声をあげ、数秒後にがくりと前のめりに倒れた。修造の手が乳首から離れる。尻が格天井《ごうてんじょう》を向いた。

果てたようだ。奈緒子は絶頂の余韻《よいん》のせいか尻をぶるぶると震わせていた。

修造はすかさず、奈緒子の着物の裾を捲《めく》りあげた。

盛大な生尻を剥き出しにする。

「いやぁあああああああああ。下はいやぁあああ」

衆人注視する中で白く丸い臀部《でんぶ》を曝《さら》け出された奈緒子は、狂乱したように四つん這《ば》いで畳を這い出した。

修造は奈緒子の髪を鷲掴《わしづか》んだ。奈緒子が息を飲み、顎を上げる。

その尻にビンタを食らわせ、寺森のほうに向けさせた。

尻のあわいから女の紅い渓谷が露見している。意図せず尻から覗ける淫処は、なんとも無様だ。まん処を見せるのが商売の女も、不意に見られるのは苦手だという。

その無様なまん処は膠《にかわ》でも塗ったように濡れていた。

「おぉ。熟れまんじゅうだべ」

寺森が身を乗り出した。組員たちを手招きし、見るように勧めた。

「あぁぁああ、みんなでなんか見ねでくれ」

真っ白だった尻山が、大広間の真ん中で桃色に染まった。どろどろに濡れた肉まんじゅうの合わせ目のあたり、表皮から肉玉が顔を出している。充血していた。

さすがの組の若い衆たちも、一言も発せず、奈緒子の陰部を覗き込んでいる。

木々のざわめきが聴こえた。

蝉はすでに啼きやんでいた。

津軽の短い夏を惜しむように真昼の太陽が、女の秘部に照り付けていた。

寺森がわざわざ近づいて来て、尻の前で屈みこんだ。照らし出された熟肉を凝視する。

「親分、見ねでけへ」

奈緒子が蚊の鳴くような声で拒む。それが最大の抵抗なのだ。

修造は憐れに思った。

だが同時にこの女に発情した。

不思議な感覚だった。

衆目の中で、辱《はずかし》めを受け、逃げ惑う奈緒子に追い打ちをかけているのは自分だというのに、この女を愛おしく思う気持ちが芽生えているのだ。

修造は奈緒子が実は下種《げす》な女ではないのではないかと思い始めていた。

天性の淫乱癖があり、お人好しにも思える。

修造の手から懸命に逃げようと暴れているのだが、一方で奈緒子は捕まることを愉しんでいるようでもあるのだ。

もちろん奈緒子自身は、そんな性癖に気づいていまい。いやな相手にでもついついサービスしてしまうタイプだ。

この女は面白い。

そのぶん守ってやりたい気にもなった。女を扱うプロである自分が弄《いじ》っているぶんには、傷つけたりはしない。

修造はそんなことを思いながら、紅く光った肉襞を左右に盛大に掻き分けた。中から具肉が溢《あふ》れ出る。小陰唇は広げると軟骨魚類のエイを思わせた。

人差し指を車のワイパーのように動かして撫でる。ぬるぬるしていた。

花芯の真下で秘孔が少しだけ口を開けている。泡がぷくぷくと吹いていた。

「あっしの道具が功を奏すか、穴を検《あらた》めさせていただきます」

修造は寺森と男衆の見守る中で、その湯気の立っているような肉穴に指を突っ込んだ。容赦なく人差し指と中指を二本まとめて挿入する。

「あうっ」

奈緒子の背中が反《そ》った。一気に汗が浮かんだ。

挿《さ》した指をVの字に開き、肉穴を拡大する。桃の洞《ほら》に陽が射しこんだ。広げられた肉穴の奥で、白い粘液が糸を曳いている様子が覗けた。

「やめてけれってばっ」

奈緒子は畳に頭を擦りつけながら、ピンクの肉層をヒクつかせていた。

ぐちゅっ、ぐちゅっ。

二本の指を出し入れしてやる。指に練乳のように粘っこい淫蜜が絡みついた。

「はううううっ！」

奈緒子が大きく目を見開いていた。

そろそろか。

修造は、指を鉤形《かぎがた》に曲げて膣の上腔を掻いた。

くちゅっ！　ぴちゃっ！　ずちゅっ。

肉の擦れる猥褻な音だけが広間に響き渡る。

「ぁあぁぁあぁあああああぁ。まいねっ、そごだけ擦ったら、まいねべ。ぁあああぁ」

奈緒子が、畳に拳《こぶし》を突いたまま、必死に羞恥に耐えている。尻山がざらつき、太腿がぷるぷると痙攣を始めた。

もっと足掻《あが》け！

修造は胸底で、そう叫びながら、膣の泣き所を擦り立てた。

「ぁあっ、出でまう、そごばかり擦られだら、吹いでまうべっ」

奈緒子の尻丘が一気に粟立《あわだ》った。

修造は指掻きを止めなかった。さらに忙《せわ》しなく動かした。眼下の菊穴が窄まり膣穴の上の尿孔が僅《わず》かに開いたとき、修造の指がいきなり圧迫された。練乳のような液がドロリと溢れ出た。

修造は咄嗟《とっさ》に奈緒子の身体をひっくり返した。赤子がおしめを取り替えるような格好《かっこう》で、奈緒子のまん処は、寺森を向いた。

「親分、下がってください」

膣を掻きまわしながら叫ぶ。さすがに真正面ではまずい。

「ん？」

寺森は眉根を寄せた。

「そこではかかります」

そういった瞬間だった。

「出るっ、出る、あぁああああああ。親分っ、堪忍してけろっさ。ぁあああああ」

女の潮水が鉄砲水のように飛んだ。

寺森は咄嗟に飛び退《の》いた。潮の顔射は免れた。だが北東北一の大親分の仙台袴《せんだいばかま》がびしょ濡れになった。

寺森は呆《ほお》けた顔をしている。

「この小便垂れがっ」

修造は指を引き抜き、潮水を払うように何度か手を振った。雫《しずく》が飛び散り、それまで奈緒子のまん処を覗き込んでいた男衆たちが「わっ、汚ねべ」と口々に言い、仰《の》け反《ぞ》った。

「えがった。えがった。さすが江戸一と謳《うた》われた『淫具屋半兵衛』の十六代目だ。染子の言葉に、まぢげぇはねがった」

寺森は豪快に嗤《わら》い、袴を脱ぎ捨て着流しになった。

「恐れ入ります。調べはすみました。稀《まれ》に見るすけべえな女です。あっしがいい道具を作って差し上げます」

修造は乱れた着物の裾を直し、ふたたび畳に正座し、深く頭を下げた。

「よーぐわがった。あんだにこの女ば預けるべ。好ぎなように調べで、色気のある三味線師に仕上げてくだされ。まんず、いい按配《あんばい》にして、春にでも儂《わし》に戻してくれたらええ」

それだけ言うと、寺森は配下の男衆たちに囲まれて、階下へと消えて行った。

畳の上で奈緒子が四肢《しし》を痙攣《けいれん》させていた。

泣いてはいなかった。

股はすでに隠し、唇を噛み修造を睨んでいた。それでも昇りつめた直後の身体の震えはとめられずにいるようだ。

修造は睨み返してやった。

主従の関係をはっきりさせねば仕込みは出来ない。

「はっ」

息を吸い、修造は拳を頭上へと振りあげた。

奈緒子の顔がふたたび歪《ゆが》み、哀れなぐらいに儚《はかな》げな表情になった。修造は拳を降ろした。

「後で、もう一遍じっくり身体を診《み》る。挿すからな。まん処は洗っておけ」

そのまま奈緒子を控えの間に戻し、修造は酸ヶ湯名物の千人風呂へと降りた。

3

手まんで蒸かせるのに、右手首が腱鞘炎《けんしょうえん》を起こしていた。

さすがの修造も、寺森彰はじめ、あれだけの極道たちの前で女の身体を検めたのだから、緊張で体のあちこちが硬直していた。

淫具屋とは因果な商売だ。

限りなく極道に近い商売だが極道ではない。譬《たと》えるならば彫り師に近い。修造はそう思っている。

堅気《かたぎ》の客はまずおらず、裏街道を歩いているには違いないからだ。

疲弊した総身を硫黄泉で癒《いや》す。総身が徐々に弛緩《しかん》してくる。心地よい。

湯煙がやけに目に染みた。

少しの間手拭《てぬぐ》いを頭に載せたまま、目を瞑ることにした。

東京は浅草の花川戸《はなかわど》の片隅に暖簾《のれん》を上げる浅深屋は天明七年、将軍徳川家斉《いえなり》が将軍就任した年に吉原大門《よしわらおおもん》の前の衣紋坂《えもんざか》に創業した由緒正しき淫具屋である。

初めは仏像屋だったそうだ。

初代半兵衛が、客から遊女に送るための分身を頼まれたのが、裏稼業に入った始まりだと聞かされた。

上野の『四ツ目屋《よつめや》』と覇《は》を競い合ったこともあると、先代に聞かされたが嘘か真実《まこと》か、昭和の今となっては知る手がかりもない。

そもそも修造は三味線職人の倅《せがれ》であった。

空襲で焼かれる前の賑《にぎ》やかな浅草で、芸者相手の三味線造りに精を出していた家に生まれた。

ところが、十六で終戦を迎えたときには、店も家族もなくなっていた。

天涯孤独となり、日銭を稼ぐために米兵相手に羽子板《はごいた》を作っては売っていた。焼け跡から拾った板切れに浮世絵を模写した彫りを入れ、絵具を流しただけのいい加減なものだった。それでも路上に並べると売れた。

そんなある夜、言問通り《こととといどお》のおでん屋で、肺を患《わずら》った先代浅深屋に出会ったのだ。

「血筋の世襲などありえない職人の世界だ。細工の腕だけが頼りの淫具屋稼業。修ちゃん、あんたの腕を見込んで頼む。とても倅の腕では百五十年続いた浅深屋の暖簾は任せられねぇ」

と懇願された。

どうせこちらは独り身。浮世の義理で継いでしまったわけだ。先代が丁寧に仕事を教えてくれ、五年で跡目を継いだ。

昭和二十五年。修造が二十一歳のときのことだ。

ところが所詮は裏稼業。義理で継いだ商売が、また今日のような義理を呼んでくる。

裏には裏の因果《いんが》が跋扈《ばっこ》しているのだ。

ヤクザは女を仕込むのに、淫具を使いたがる。シロクロ実演ショウなど裏興業にも淫具は色を添える。

ヤクザに頼まれたら断れないのが、裏で生きる者の運命《さだめ》だ。

浅深屋を継いで約十年が経った。修造は見えない手で、がんじがらめにされていくような息苦しさを覚えていた。

——まったく、いやな稼業よ。

酸ヶ湯の硫黄泉の温もりで、肌にたっぷりと汗が浮かんできた。

修造は、勢いよく立ち上がった。肩から湯玉が盛大に流れ落ちる。ヒバ木の縁を大股で跨ごうとした、その時だった。

「相変わらず、立派だねぇ。修造さん」

素っ裸の女がしゃがみ込んでこちらを見上げていた。

千人風呂は混浴である。

だが霞《かすみ》のような湯煙のせいで、あたりの状況など、てんで目に入っていなかった。

「染子姐《ねえ》さん」

今日の因果の元凶であるかつての向島《むこうじま》の芸者、染子が洗い場にしゃがんでいた。にたりと嗤って下から手を伸ばしてくる。老芸者だ。

「おっとと。そいつはいけねぇや。この湯も寺森親分の縄張り《シマ》じゃねぇか」

すでに棹の根元を握られていた。

「鬼寺なんざ、ただの田舎侠客さ。わたしゃ、もう毎日退屈でね」

島田《しまだ》髷《まげ》の鬘《かつら》を脱いで、頭皮にすっかり細くなった濡髪を張り付かせた染子が、手筒を動かしてくる。

「姐さん……」

「ちょっとでいいんだよ。ほら、そこの打たせ湯に、修造さんが立ってくれればいいのさ。後はあたしの勝手で」

間もなく五十路《いそじ》を迎えるだろう老芸者に促され、修造は止む無く、場所を移動した。出逢ってしまえば、弄《もてあそ》ばれることは判っていた。

こうやって色を売って顧客を増やしてきたことが、因果をさらに呼ぶ嵌《は》めになっているのだと、つくづく思う。

この稼業も、そろそろ仕舞いにしたいものだ。

ヒバ木と硫黄泉の強い香りの中で、修造は打たせ湯の中心に立った。

滝に打たれる僧のように直立し眼を閉じた。

修造の股間の前に跪《ひざまず》いた染子は、俯《うつむ》き、口元に手をやった。カランと軽い音を立てて、床に入れ歯が転がった。

染子のふやけた口が開く。空洞になった暗闇から紅い舌が伸びてきた。だめだ。その気になれない。

「姐さん。やっぱりいけませんや。あっしは、もう色は売らねえことにしてるんで」

修造は、そそくさと打たせ湯の石台から降りた。

台に湯が落ちる音が響く。

「修造さん、随分とすげないねえ。惚《ほ》れた女でも出来ちまったのかい？」

染子の顔が歪んで見える。入れ歯はもとの鞘《さや》に戻っていた。

「色恋とは無縁の稼業でして……」

遠くを見つめながら答えた。

湯霞の向こう側に、観光客らしい若い女が湯浴《ゆあ》み着もつけずに、掛け湯をしている姿が見えた。素人女ほど、羞恥心がないのだろう。

「あっしは、冷めちまったようで。もう一度浸からせてもらいます」

修造は浴槽に降りた。

「奈緒子なら、いけないよ。鬼寺もどうした訳か、あの娘にはご執心《しゅうしん》でね。あんたに一回預けて、いい道具を拵えてもらったら、そりゃ儲かる商売になるって見込んでいるのよ。淫売じゃないよ。見世物にするのさ。アソコを見せながら引く三味線師にするのさ。鬼寺も伊達に興業《なわ》師を張ってる訳じゃない。だから、修造さん、妙な気は起こさない方がいい。あんたずっと見張られているんだよ」

洗い場で、立膝を突いたままの染子が口を滑らせた。

そうだと思っていた。

湯に入ってからも、ずっとどこからか視線を感じていた。染子とのこのやり取りも、若い衆に覗かれているに違いない。

侠客を甘く見てはならない。危うく、染子との尻尾を掴まれるところだった。

「ところで姐さん。最近、向島からの注文が減っているんだが」

修造は商売の話に変えた。染子はふんと鼻で嗤った。

「いま頃の妓《こ》はみんな情夫《まぶ》持ちだっていうからね。あたしらの時代は、修造さんの道具で気を遣《や》らないと、芸に身を入れ切れなかったものだけどさぁ」

「所詮、あっしが作るもんは、まがい物でして」

修造も拗《す》ねてみせた。誰かが湯に入る音がする。

「あいよ……駒子《こまこ》姐さんに、電話しておくよ。妓に悪い虫が付かないように、修造さんのところの道具を贔屓《ひいき》にしなってね」

「ありがたいことで……」

染子が額を拭《ぬぐ》って、脱衣所に戻って行った。

随分と華奢《きゃしゃ》な身体つきになったものだと、修造はしげしげと、その後ろ姿を見送った。

4

垂直に伸びるブナ林の小径《こみち》を、修造は奈緒子と肩を並べながら歩いた。

「調べをするんで、ねがったべが」

茜《あかね》の空に頬を染めた奈緒子に訊かれた。内風呂を浴びて、先ほどの淫汗を流してきたのか、束ねた髪から安物のシャンプーの匂いがした。

奈緒子は水色の浴衣《ゆかた》だ。

傾いた陽射しを受けて、浴衣地の股間に薄く翳《かげ》りが浮かんでいるのが見えた。胸の膨らみの頂点にも、丸い豆粒が突き出している。

帯を解けばすぐに全裸。すでに覚悟は付けていると言いたいようだ。

「調べる……」

修造も浴衣に着替えていた。

白地に赤い三升格子《みますごうし》の浴衣に灰色の角帯《かくおび》。こっちもそれなりの伊達《だて》を気取ってきたつもりだ。

黄昏《たそがれ》の小路は妙に黴《かび》臭かった。

「部屋で診るんでねぇがったんだが?」

田舎三味線師の頬は、余計に紅く膨らんでいた。

「演者は見られてなんぼだろう」

修造は、前方の東屋《あずまや》を指さした。

黙って俺について来いと言いたかったが止めた。

言わなくても、この女は自分の指示通り動くしか、生きる術《すべ》がないのだ。

「あそこは、まんじゅう蒸かしでねぇが」

奈緒子の頬が一段と朱《あけ》に染まる。まんじゅうと言ってしまったこと自体に羞恥しているようだった。

「そうだ。津軽では、まんじゅうと言うんだよな」

念を押す修造の言葉に、奈緒子は頷いた。

東屋に近づくと古びた看板に筆文字で『まんじゅう蒸かし』とある。

隠語をここまで堂々と謳うのは、日本中でもこの土地ぐらいであろうと、修造は苦笑した。

淫具屋稼業でも、恐れ入る名称だ。

しかも酸ヶ湯温泉の名所とされているのだ。『婦人病に効く』そうだ。

「女のアソコはたしかに饅頭《まんじゅう》みたいなもんだ」

修造は奈緒子の股間についと手を伸ばした。

「あっ」

不意を突かれた奈緒子が尻を捩らせた。

浴衣地越しのまんじゅうは、すでに蒸れていた。触るとすぐにくちゅくちゅと卑猥な音がする。

木立の脇の東屋に奈緒子を先に入れた。人気のない東屋の真ん中に箱形の木製長椅子が置いてあった。

「座れよ」

命じると奈緒子が箱椅子に腰を掛けた。座ると同時にため息を漏らし、天を仰いだ。

「蒸けたか？」

「んだ。ここさ、まんじゅうば置げば、すぐに蒸けで、気持ぢいぐなってまう」

修造も奈緒子の横に腰を降ろした。

箱の下から強烈な蒸気が上がっている。

女はまんじゅうを、男は睾丸を蒸される。

奈緒子が椅子の上で尻を動かしながら、うっとりと暮れゆく空を見上げている。

修造の脳に電撃が走った。

「そのまま、座っていろ！」

修造は一気に立ち上がり、すぐに奈緒子の正面にしゃがみ込んだ。

「着物の裾を腹まで掲《かか》げて、股を開け！」

「まいね。下穿《したば》きばつけでねっし。調べるんだば、林の中さいぐべ……」

修造は、奈緒子の頬を張った。ビシッ！　と乾いた音が林にこだまする。

「いやっ！」

奈緒子は頬を押さえて、首を横に振った。

構わず修造は浴衣の裾を捲り上げ、真っ白な両脚をむりやり左右に寛《くつろ》げた。太腿のあわいから、漆黒《しっこく》の恥毛が覗く。

「まいねって！　こしたらどごで、まんじゅう開くもんでねぇてばよ」

修造は蒸かされている女の蜜処を肉眼で観ることにした。

が、この位置からでは肉裂は拝めない、見えるのは土手。ふさふさの陰毛だけだ。

恥毛が、下から噴き上がる蒸気に押されて、ふわふわと逆毛たっていた。

直下噴射。女には堪《たま》らないだろう。その証拠に奈緒子の瞳はすでに蕩《とろ》けだしていた。

——これだ。

演者が座る椅子の上に芯棒を取りつけるのだ。張形の大きさが良い。

蒸かしまんじゅうの箱椅子から、修造は「淫椅子」の着想を得た。

上擦った声を上げ続けている奈緒子の上半身を押した。奈緒子は腰掛けたまま、仰け反った。股は開いたままだった。

「何するんだべ。あれ、あれ、まんじゅう丸見えだべ」

上半身を椅子の後方に反らせた奈緒子は地面に手を突いていた。浅草の『フランス座』で、客に向かってブリッジする踊り子のような格好だ。

「蒸れている」

真っ赤な肉陸を前に修造は息を呑んで見つめた。薄褐色《うすかっしょく》の肉裂が捩れ、水滴がほうぼうに付着している。蒸気と淫蜜は混ざりにくいのか、いくぶん分離していた。

包皮を破って、パールピンクの肉玉がくっきりと貌《かお》を出していた。小豆《あずき》のような大きさだ。肉玉の真ん中に線が付いていた。縦の一本線だ。

「おまえ、毎日自分で捏ねているな」

修造は太い親指を突き出し、その淫核をぐいっと押した。

「ひぃ！」

「ひとりで、捏ねてるな？」

修造は念を押した。

「染子姐さんから、男とは嵌めたらなんねぇって言われているはんでな。したらひとりで始末つけるしがねぇべさ」

「何を使っている？」

「指だ。指しがつがってねぇ」

奈緒子の顔を夕陽が染めた。

「嘘をつけ！」

修造は、奈緒子の肉芽を摘まみ上げた。乳首を捻《ひね》るように、きつく捩った。

「あぁあ。昇ぐっ、いってまうっ」

奈緒子は森の中まで響くような、甲高《かんだか》い声を上げた。

案の定、サネ潰し一発で果てやがった。夜ごと自慰《じい》に溺《おぼ》れていることは明白だった。

「撥を、使っているな」

仰け反ったままの奈緒子を抱え起こし、胸の中に抱いてやった。肉玉の中心に、爪痕のように付いた線は、撥で強く押した痕跡のはずだ。

言いながら奈緒子に頬ずりしてやった。皮膚が温かい。

「内緒にしてけろな。商売道具で慰《なぐさ》みしてたと聞こえたら、芸者仲間に顔向けできねぇ」

奈緒子は、両の腿をしっかりと閉じ合わせてしまったが、修造は、女が心を開いたことを嗅ぎ取った。

「心配いらねぇ。撥くじきなんざ、芸者ならみんなやってることさ」

奈緒子が安心した表情を浮かべ、こちらの胸に顔を埋めてくる。

「調べるぞ」

奈緒子が修造の胸の中で何度も頷いた。唇を引き寄せ、舌を挿し入れた。ねろりと奈緒子も舌を絡みつかせてくる。囲われ者の身でありながら何処《どこ》か献身的である。

「股を開け」

「あっ、はい」

奈緒子はがばりと股を開いた。そこまで広げなくてもいいだろうと言うぐらい大きく広げた。どこかお人好しなところがある女だ。

修造はそこに何か惹《ひ》かれるものを感じた。

この女は見た目以上に陽気な気性なのではないか。

奈緒子はどんな理由かは知らないが、苦界におちてヤクザに命じられるままの日々を過ごしている。そのせいで昏《くら》い眼をしているが、根は違うように思えた。

女の性根は膣袋を弄ればだいたい判る。

修造は口を重ねたまま右手を伸ばした、奈緒子の広げた股間の沼地に触れた。

くちゅり。ぐちゅ！

顔の口と、股の口が同じような音を上げた。

修造の股間も反応した。浴衣の中でむくむくと屹立《きつりつ》してきた。我ながら驚いた。無意識のうちに勃起するなど、二十年ぶりのことだった。

淫具屋などという稼業をしていると、肉棹は女の淫層の幅、深長、収縮具合、膣肉の感触、そんなことを調べるためだけの役目を担うことなる。

つまり計測用の道具だ。

それがいま明らかに欲情していた。

奈緒子があまりにも可憐《かれん》で、愛おしく思ったからだ。こんな気持ちを抱かせた女はこれまでいなかった。

5

修造は、人差し指と中指を肉穴に押し込み、親指で女芽を撫でまわした。

奈緒子がハァハァと荒い息を上げ、肉穴から練乳のような濃い愛液を溢れさせた。

──本気で感じている。

そう認めた。

修造は透明なとろ蜜だけでは、女が発情しているとは認めない。それは膣や女芽を弄られると条件反射的に溢れるものだからだ。

白く、精子と見まがうような液を溢れさせてこそ初めて興奮したと認めるのだ。そこまで感じる淫具を作らねばならないからだ。

「長岡先生、あぁ、そんなにおサネとまんじゅう穴をいつまでも捏ねられたら、わだし、おかしくなるべ。正直もう何度も昇ってんだ。これ以上やられだら、腰が抜けるっぺ。立でねぐなるっぺ」

汗で濡れた額に前髪を張りつかせた奈緒子が、顔をくしゃくしゃにしてそう懇願してきた。

「上下の寸法を取ったぜ。芽と穴の差は一寸ちょいだな。ぴったりなのを誂《あつら》えてやる」

修造は中指と親指でその長さを示してやった。

「なんだべ。それなんのことだべ」

その空とぼけたような言い方に腹が立ち、女芽を何度も逆撫でしてやる。

「あうっ。長岡先生の指、まんじゅうさ響く。サネば撥で叩くより、先生の指のほうが、響くっぺ」

肉芽を擦れば擦るほどに、奈緒子の声は艶やかになった。ふたたび修造の脳裏に閃《ひらめ》きが起こった。

「逆棹をつけてやる」

「はあ？」

「三味線を弾きながら、女芽擦りが出来るようにしてやるさ」

修造は奈緒子から身体を離すと、立ち上がった。三升格子の浴衣をまくり上げ、角帯に裾を挟み込んだ。

下帯はもちろん付けていない。

浴衣の袷《あわ》せから、勢いよく飛び出した男根は、擂粉木棒《すりこぎ》のような形をしており、淫水に焼けて黒々としていた。そして見事に硬直している。尖端が重い。久々に重い。

「でっけぇ。長岡先生のちんぽ、さすがにでっけぇな」

奈緒子が目を丸くした。その顔がなんとも愛くるしい。

「棹を当てるぞ」

修造は、奈緒子を立ち上がらせ、右脚を持ち上げた。濡れたまん処がぱっくり見える。そこに勃起した剛直を擦りつける。

「奈緒子、自分でもっと肉の花を開け。開いて俺の物を挟め」

「素股《すまた》だべが？」

素股という言葉を平然と使う奈緒子に、花柳界《かりゅうかい》の女であることを再認識した。

「素股だが、男根を気持ちよくさせるのではなく、おまえが女芽を擦ってよくなれ」言えた義理ではない。さんざん色で商売をしてきたのは自分も同じだ。

「それ、はんずかしいべ。オナニーショウはやったことがねぇ。まんじゅう出しだけだぁ」

奈緒子が思わぬことを言った。普通に芸者をしていたのではないようだ。いや、たまに客を取らされていたぐらいは想像できた。だがショウとはなんだ。

「まんじゅう出し？」

「お座敷で三味線弾きながら、ちょっとばかしアソコを見せるんだ。椅子に座って弾いて、夢中になったふりをして、股を開ぐのさ」

奈緒子が照れくさそうに言う。

寺森と染子はこの女がどこまで出来るか試していたのだろう。お人好しの奈緒子は何度も広げたはずだ。

それで寺森はもっとエロいショウに回せると踏んだ。

最初は娼妓に回そうとしたに違いないが、それでは取れる金が決まっている。奈緒子はもっと凌辱《りょうじょく》できると踏んだのだ。

――温泉場の闇ストリッパーに育てるつもりだ。

最初はオナニーショウで慣れてきたらＳＭショウ。そして仕上げは、その場で客に襲わせる本物のレイプショウの餌食にするつもりだ。

それなら好き者の客から法外な金をふんだくれる。

色稼業を超えた畜生商売だ。

その入り口として淫三味線を作らされたのでは、修造としても心が痛む。

どうしたものか？

「こうやって擦れ」

とはいえ仕事はせねばならない。修造は蜜にまみれた肉陸の上で、砲身を滑らせた。

「あぁぁーん。いい気持ちだ。亀がゴリゴリでねぇが。筋もザラザラして。あっ、鰓《えら》でサネを逆撫でされたら、ガツンと脳にくるっ」

奈緒子はやはりスケベすぎる。この性分で闇ストリップの座敷に立たされたら、気が狂うまで犯され続けるだろう。

「奈緒子。この感触でいいか？　この滑り具合でいいのか？」

「んだんだ。いい！　いいはんで、もっと擦ってけろ」

「ばか、おまえが擦るんだ」

「あぁ、そうだった」

奈緒子がみずから割れ目を肉棒に押し当ててきた。積極的に鰓のでっぱり、亀頭の裏側に女芽を擦りつけはじめた。

亀頭の裏側を尖った女芽で掻かれると、硬度はさらに増した。これをやり続けられたらしぶいてしまいそうだ。それでは淫具屋の沽券《こけん》にかかわる。

「胴の寸法を取るぞ」

修造は、浴衣を端折《はしょ》ったまま、どっかりと椅子に腰を降ろした。

「んんっ」

生尻のまま座ったので、下から上がる蒸気に睾丸が盛大に蒸された。女のまん処に当たる部分が男は睾丸になっているのだ。

まんじゅう蒸かしは、玉蒸かしでもあるということだ。いい気持ちだ。

奈緒子が修造の緩《ゆる》んだ顔を見て笑っている。

笑顔のまま修造の剛直に視線を落とすと、舌舐めずりをした。お互い少しずつ心が通い始めたようだ。

「背中を向けて、俺の上に跨ってこい！」

「はい！」

奈緒子も尻を剥き出しにしたまま、大股を広げて修造の股に乗ってきた。背面座位で腰を降ろす。

「くわぁ！」

奈緒子の焼けただれた肉まんじゅうに修造の肉柱が刺さった。修造は腰を突き上げた。亀頭が一気に肉層を駆け上る。指では届かなかった子宮に亀頭が激突した。

「でっけぇ！　でっけすぎる……うわっ。まいね、まいねってば、動がしたら、まいねはんで……あぁぁぁぁぁああ！」

一際甲高い声を上げた奈緒子が、きゅるるると肉層を締め上げてきた。

「おまえが座る椅子にも、これと同じ棹棒を付けてやる。覚えておけ、おまえが舞台で三味を弾く時には、いつでも下から俺と同じ形をした棒が刺さっているんだ」

「あぁぁ！」

重なった尻と尻の間で、修造は肉棒を律動《りつどう》させた。正面から人が見れば、肉の繋ぎ目がはっきりと判るだろう。

青竜興業の下《した》っ端《ぱ》どもよ、好きなだけ覗きやがれ。

修造は腰を突き上げた。ずんちゅっ、ぬんちゃっ。肉擦れの音がブナ林のほうへと流れていく。山の清涼な空気がかき乱され、変わって奈緒子のまん臭が立ち上る。

「あうっ、奥がいいっ。そんなにずんずんされだら、すぐに昇ってしまうべ。あううう」

奈緒子は尻を浮かし、子宮打ちから逃れようとした。

「まだだ。こんなもので、いちいち昇天していたんじゃ、おめぇ一曲ももたねぇぞ！　こらえるんだ。まんじゅうを突かれたまま、撥を叩いて女芽を揺らし、いやらしい音を響かせるんだ」

ずんずんと硬い亀頭で膣の最奥を打ってやる。子宮周辺の快感地点をくまなく叩いた。

「あぁ、そしたらごと出来ねぇ。そんな三味線で弾いだら、おなごは、一瞬たりとも保《も》たねぇ。あっ、あっ、あっ、あっ」

歓喜に啼く奈緒子に肉棒を送りながら、両手を前に出し三味線の胴部の寸法を素早く計算した。

奈緒子の腹の上で、両手を動かし空気を捏ねる。あれこれと形を模索した。だが、その間も決して律動は止めなかった。

花梨《かりん》を使った大き目の胴箱がいい。あれは共鳴する。

本棹はどうする？　女芽を揺さぶる逆棹のことも考慮すると、紅木がいい。滑りやすいのだ。

糸巻には黒檀を使うことに決めた。乳首に当たった感触は硬い方がよい。

奈緒子の胸襟を、くわっと開いた。たわわな乳房がこぼれ出た。

「いやっ！　なんばすっぺ！」

「全部観せてる気で弾けぇ！　客にまんじゅうを濡らして、乳首をしこらせているのを見られていると思って弾け！」

修造はさらに荒々しく腰を突き上げ、両手で乳房を揉《も》んだ。時折奈緒子の耳朶《みみたぶ》を噛んでやる。

「あぐぅ、はんずかしいってばよ」

ガサゴソと林の中で人影が動いた。

数名の人間がこちらを覗いているのが判然とした。見張り役の若衆ばかりではないようだ。

村人たちも覗いているに違いない。

「見でいる人がいるっさ。やめんべ、もうやめんべ！」

奈緒子が必死に浴衣を掻き合わせようとした。

「奈緒子、唄え。口三味線で、じょんがら節を唄ぇ。観客におまえにしかない音で唄うんだ。目を瞑って膝の上に三味線があるつもりで指を動かしながら、唄うんじゃ」

「できねぇ。そしたらごと出来ねぇ。おら、出来ねぇ」

奈緒子は泣いた。

頬に幾筋もの涙を浮かべて、声を枯らして泣いた。

乳房を揉む修造の手の甲にも熱い雫が幾粒も落ちてきた。修造の膝の上で、刺さったままの奈緒子の尻も泣いたように濡れていた。

「唄え、奈緒子。おめぇの『まんじゅう節』を唄ぇ！」

がっつんがっつんと殴るように抽送《ちゅうそう》し、頬をつねるように乳首を引っ張った。

「あぁあああああ、いぐぅうううううう」

奈緒子が先にしぶいた。睾丸がびしょびしょにされる。

「唄え、こらっ、唄えっ」

それでも修造はピストンを止めない。練乳のような愛液が粘りついた男根を小刻みに送り出してやる。

「あぁ、もう、もう、昇っているってばっ、あぅ、あぐ、ふはっ」

「俺は、唄えと言っている。口三味線で唄えと言っているのが聞こえんのかっ」

乳首を千切れんばかりに捻った。

「べべん、べん、べん、あぁあぁ〜　べべんべんべん、あうっ、はっ、べんべんんんん」

奈緒子は唄い出した。憑《と》りつかれたように唄い出した。ふたりの肉交は日が暮れてもなお続けられた。

6

あの日奈緒子が、じょんがら節を口三味線で唄ったのをいまも鮮明に覚えている。

森の中に響き渡る大きな声だった。

艶があった。

風雪を想起させるはずの津軽じょんがら節が、真夏の流星のように儚《はかな》くも妖艶《ようえん》に聞こえた。

浅草に戻った修造は一心不乱に、淫三味線の製作に取りかかった。

傍らには、奈緒子がいた。

言問通りの狭い長屋で来る日も来る日も寸法を取った。奈緒子の身体を弄りまわし、舐めて嵌めては、道具を作り直した。

最高の傑作が完成した。

奏者をも狂わす淫三味線の誕生だった。

その披露目がこの栄町神社の宵宮なのだ。

奈緒子を鬼寺の許《もと》に返して一か月が経っていた。久しぶりに見る奈緒子は別人のように輝いている。

修造は、最前列に出た。

股間に三味線を挟み、腰を揺すりながら天を仰いでいた奈緒子が、今度は正面を見据えた。

奈緒子の視線が修造に据えられた。

いいぞ、奈緒子。おめぇいい女になったな。

「うわっ！」

隣の男が突然、歓声を上げた。

静まり返っていた境内にどよめきの波紋が広がっていく。修造も眼を大きく見開いて、奈緒子を見つめた。

奈緒子が股を開いていた。

湯気を噴くまんじゅうには見事に紅木の芯が刺さっている。

奈緒子は構わずに撥を叩き続けていた。陰部もはっきりと曝け出している。濡れた肉びらを逆棹で擦り、肉芽をしっかり潰していた。

奈緒子が修造を見つめたまま弾いていた。まん臭が匂ってくる。とろ蜜の甘い匂いだった。

「警察だ！」

後方の聴衆が声を荒げた。

修造は振り向いた。十数人もの警官隊が、照明灯を振りかざしながら、こちらに迫っていた。

青竜興業の法被《はっぴ》を纏った若衆が、立ちはだかり、殴り合いになった。

「公然猥褻！　午後八時二十六分。現認。女を確保する。そこをどけぇ！」

若衆たちを警棒でなぎ倒しながら警官隊が、舞台に突入しようとしていた。

客たちが悲鳴を上げて散っていく。

はずみでカメラを抱えた新聞記者が転んで地べたに這っていた。

奈緒子は、まだ弾いていた。

くわっと、まんじゅうを開いたまま、撥を叩き続けていた。肉穴から粘液がどろりどろりと垂れ続けている。

修造は着物の懐に手を入れ拳銃を取り出した。銃爪を弾く。

乾いた音とともに夜空に橙色の銃口炎《マズルフラッシュ》があがる。

警官隊が怯《ひる》んだ隙に、修造はあたりの提灯《ちょうちん》を撃ちまくった。提灯はあっという間に炎に包まれ、火の粉となって飛んでいく。

屋台の白熱灯をもぶち抜いた。

観客たちはもとより、警官隊も男衆どもも、跪いて頭に手を当てている。燦々《さんさん》としていた境内が一瞬にして闇に戻っていた。

堤川の向こう側に並ぶビルのネオンの光だけが頼りとなった。

「しゃらくせい！」

修造は舞台に走った。奈緒子は暗闇で濡れた瞳を輝かせて待っていた。

「いくぜぃ。奈緒子」

「あんだ！」

「鬼寺なんぞに、おまえを返すのが惜しくなった。おれもヤキがまわったぜ」

提灯の消えた綿菓子屋の軒先で、トランジスタラジオだけが波の悪い音を流していた。

一昨年ヒットした『アカシアの雨がやむとき』だった。

西田《にしだ》佐知子《さちこ》の乾いた歌声を背中で聴きながら、修造は奈緒子の手を取って走った。闇の中をひたすら走った。

青森県警と青竜興業寺森組が五年にわたり、浅草の指物師長岡修造と女三味線師中川奈緒子を捜索したが、ふたりの行方は杳《よう》として知れなかった。

昭和三十七年四月二十五日の夜のことであった。

第二章　ホテル湊屋

1

　地方回りで年季《ねんき》を積むのは記者の定めと心得てはいたが、青森通信局での四年の勤務は、ことさらに苦痛なだけであった。

　事件はあっても、芝居やコンサートの興行がほとんどない土地柄は、石黒正樹《いしぐろまさき》にとって息苦しくてたまらなかった。

　年季が開け、晴れて名古屋総局へと異動となった石黒は、大きく吸い込んだハイライトの煙を思い切り吐き出した。

　六時間前にやっとあの田舎町を離れた嬉しさが、揺れる汽車の天井へ紫煙となって昇っていく。

新聞社を希望する者のすべてが、血なまぐさい事件を追う硬派記者を目指していると思ったら大間違いである。

自分のように、文化芸能部を希望する軟派系も多く存在する。名古屋総局であれば、御園座《みそのざ》や間もなく開業するという中日《ちゅうにち》ホールへも足繁《あししげ》く通うことが出来るだろう。

思いを馳《は》せるだけでもわくわくしてくる。

イヤホンで聞くトランジスタラジオからは、大ヒット中の加山雄三《かやまゆうぞう》の『君といつまでも』が流れていた。

車窓に流れる荒涼とした海岸線も、このラブソングを重ねあわせると、光り輝く湘南《しょうなん》の海に見えてくるから不思議だ。

音楽の力は偉大だ。

芝居も好きだが、いずれは音楽記者に進めたら、と思う。

それにしても何もない町ばかりを通る列車であった。

各駅停車ばりに進んでは停まる列車から見える町の光景は、何処もかしこも閑散としていた。いやまいった。

ぶらりと途中下車を決め込めるほどの町になかなか出会わないのだ。

これではあえて日本海に沿って旅をし、北陸から名古屋入りしようする意味がない。覗いてみたいような町がなさすぎるのだ。

人事異動にともなう一週間の移動休暇は、どう使おうが勝手なのでローカル線を乗り継ぐこのルートを取ったのだが、やはり一気に東京に戻り、まだ乗車したことのない新幹線で名古屋を目指すべきであった。

そうしたら、明日にでも御園座で芝居見物が出来たというものだ。

観念して鈍行《どんこう》列車の揺れに身を任せていると、先頭車両のほうに妙に鄙《ひな》びた駅が見えてきた。その向こう側には丘があり、ホテルらしき建物も見えた。

海を見下ろすようなホテルだ。日活のアクション映画で銃撃戦や麻薬の取引が行われるようなイメージのホテルだった。

ここだ、賭けに出るならば、ここしかないと石黒は思った。

鄙びた駅にはサビれた映画館がつきものだ。ピンク映画や任侠映画の三本立てなどを観て、地元の居酒屋で一杯やりたい。

ぶらり独り旅とはそういうものだ。

ええぃ、ここで降りちまえ。新聞記者の第六感がそう言っている。

紺色のボストンバッグを荷台からおろし、石黒はそそくさと通路を走った。シューマイ弁当を食べている他の乗客に『埃《ほこり》をたてるなよ』と睨まれる。

石組みのホームに降り、潮風に吹かれながら木造の駅舎に下りた。壁も床も駅員が入る改札ボックスもすべて飴色に輝いてた。

「綺麗な駅ですね」

途中下車有効の切符を見せる。駅員は受け取らず、どうぞと出口へと手を伸ばす。

「汽車は停まりますが乗降者はほとんどいない駅です。何にもないところですからね。暇で掃除ばかりしています」

駅員が自嘲気味に笑った。

その駅舎を出たとたん、石黒は後悔した。

「たしかになにもない」

駅舎の前はただただ漠然と広いバスロータリーだ。だがバスはいない。丸い看板の付いたバス停標識の前に進むと時刻表の上に『廃止』とペンキで書かれていた。もうだいぶ前のことのようだ。

石黒はロータリーの周囲をぐるりと見渡した。

木造平屋建ての元商店、元飲食店らしき家々が連なっていたが、いずれも板戸を閉めていた。とうの昔に廃業している感じだ。

早春の太陽が照り付ける中、一陣の強い潮風が吹き寄せてくる。

やってしまった。

戻るか？

振り返ると、チョコレート色のくたびれきった列車が、勘の悪い記者をあざ笑うかのように、ぶぉんと放屁のような警笛を鳴らして、去って行った。

「まいった」

北風に向かって額を上げると、海側の丘に向かう坂の上に円形のホテルがあった。

2

紺絣に紅帯という仲居の定番衣装に箒《ほうき》を持ち、安井久美子《やすいくみこ》はカウンター前のロビーのあちこちを懸命に掃《は》いていた。

立つ鳥跡を濁さずの心境だった。

今日も客なんて、まず来ないのは判っている。そんなホテルだからこそ身を寄せていたのだ。

かつては年柄年中、大型バスが何台も押し寄せ、東京からの団体客で賑わったというこの巨大ホテルも東京オリンピックが終わったあたりから、閑古鳥《かんこどり》が鳴きはじめたのだそうだ。

とはいえ、とにかく一年間世話になった。

せめてもの恩返しにせいぜい精魂込めて掃き清めておこう。

まともな客ほとんど来ないけれど、それでも夕方になれば、時折、いかがわしい客たちが、やって来る。

柏崎《かしわざき》のラブホテルまで行くのが面倒な地元の不倫カップルとか、歳を偽った高校生の男女たちだ。

要は、やりに来る客ばかりだ。

いっそ売春宿にしてしまえばいいのに、とさえ思う。

観光客にとってはうら寂しい場所にあるこのホテルも、遊廓《ゆうかく》となれば格好の場所となる。もともと巨大観光ホテルとして建設されたコンクリート造りの景観も、それなりに威風堂々としていて、これが妓楼《ぎろう》ということであれば一流店に見えなくもないだろう。

ラブホテル兼エロ風呂というのはどうだ？

泊っていける特殊浴場なら客も楽だろう。以前、一緒に飲んだ男から特殊浴場やチョンの間に行って、帰りにまた靴下を履き直して帰るのは味気ないものだ、と聞いたことがある。

八年前に赤線が廃止になって以来、泊りがけでやれる淫売宿がなくなってしまったのは、客の男にとっても、働いていた女にとっても本当に残念なことだ。

芸者として花街で暮らしていた久美子は心底そう思う。結局は東京の吉原や川崎《かわさき》の堀之内《ほりのうち》も特殊浴場に変わっただけで、昔で言うところのショートの客しか取れなくなっただけだ。全国各地に特殊飲食店というのはいまだに存在して、そこは昔と変わらない。

一階のカウンターバーで話をまとめて二階に上がって煎餅《せんべい》布団でやるのだ。味もそっけもないという。

それなら昔みたいに豪華絢爛《けんらん》たる造りの娼館があったほうがいいではないか。

――などと一介の仲居が考えてもしょうがない。

久美子は掃き掃除を続けた。

ここ『ホテル湊屋《みなとや》』には時には逃亡者らしき人間も来る。不人気な観光ホテルで従業員数も少ない。誰からも干渉されることなく息を潜めて過ごすには格好の隠れ家なのだ。

住み込みで働く久美子自身も、実はそんなひとりである。

ある事件を犯し、逃れ逃れて点々としていたが、山形県の商人宿で安井久美子という同じ年格好の女《おんな》香具師《やし》と知り合った。

いずれ堅気の女ではない。その女は二万円で戸籍謄本《とうほん》と住民票を二枚ずつ取り寄せてくれた。三条市《さんじょうし》の女だった。

三条市のある新潟県に移動し、たまたま求人のあったこのホテルに臨時雇いの従業員として転がり込んだ。

一年前のことだ。

そろそろ辞め時だった。朋輩や業者などと馴染みになりすぎたきらいがあった。これ以上、親しくなれば襤褸《ぼろ》が出る。

逃亡者にはそういう時期が必ずやってくる。

久美子は、このホテルに逃げ込んで以来、いつでも下着を脱ぐ覚悟を決めていた。三味線という芸を封印した元芸者には、着物の裾を捲るぐらいしか、恩返しの段が浮かばないのだ。

とはいえ御主人や番頭も手を出してくるそぶりもなく、ホテル湊屋は観光ホテルであって、しけこむカップルはいても仲居を買おうという客は来ない。

春を売ることも叶わず、仲居のまま暇乞《いとまご》いをしなければならない時期が迫って来た。

それも、無断で出て行かねばならない。

そう思うと切なくてたまらなくなった。

ホテルには宿泊以外の目的で来る人たちもいる。

午前中に、海から上がった漁師たちだ。

毎朝やって来ては畳敷きの食堂で焼酎を飲み、獲れたばかりの魚を自ら捌《さば》いて、世間とは逆さまの時間に宴《うたげ》を開く。

それはそれは陽気な男たちばかりだった。

朝っぱらから久美子はよく、潮と酒に焼けた海の男たちに身体を触られた。

中には、着物の合わせに手を突っ込んで来る者もいれば、畳にひっくり返り着物の裾を捲り、襦袢の奥を覗き込もうとする輩《やから》もいた。

きゃあきゃあと喚《わめ》いては見せるが、本音を言えば男たちの好色な眼は快感であった。股のあわいを覗かれ、尻を撫でられるたびに、発情した。

みずから胸や尻を差し出したこともある。

偽りの人間に成りすます緊張の日々の中で、それは心が解放されるひとときでもあった。

この男たちが相手なら、いつでもやらせてあげる覚悟は出来ていたというのに、それ以上は手出ししてこないのが、残念でならない。

明後日には修造が迎えに来る。

また次の町へと逃げるのだ。

この四年、ひとつの町に一年以上住んだことがない。

点々とする棲家《すみか》の中で、ひっそりと息を詰め、周囲の景色に溶け込むようにして暮らす。その繰り返しだ。

次の町でも、また同じように生きなければならない。

あと一年と修三が言っていた。

その修造と山形の映画館で見た「網走番外地」の主題歌の一節を口ずさみながら、ロビーの清掃を終え、今度は竹箒を持って玄関前へと出た。

「あの、予約などしていないのですが、三日ほど泊まれますか？」

掃いていると、いきなり後ろから声をかけられた。

「えっ？」

久美子は誰かに心臓を鷲掴みにされたかのように縮みあがった。

腰を屈めたまま振り返ると、コートの襟を立て、ボストンバッグを提げた若い男がひとり立っている。

「いやぁ、まいりました。気まぐれで列車を降りてしまったものの、いったいどこに泊まったら良いものか見当もつかずに、坂を昇ってきたら、このホテルに突き当たりました」

ごく自然な標準語だった。

この辺りの者ではない。

刑事だろうか？

いや、刑事ならばふたり一組と相場が決まっている。

男はひとりだ。

ならば青竜興業からの追っ手であろうか？

しかし青森の人間にしては言葉の抑揚が違いすぎる。津軽弁で育った久美子には、直感的にそのことが判った。

どうしたものか。

久美子は可能な限り平静を装った。

とりあえず、客として受ける以外に手立てはない。

「はい。空いておりますが、仕度に少し時間がかかります。どうぞロビーでお待ちください」

自分でも標準語が上手く話せるようになったものだと感心する。

久美子はこの四年の間、一度も津軽弁を使っていない。うっかり使えばすぐに青森の出と知られてしまうからだ。

身の破滅がかかっているせいで標準語に慣れるのは早かった。

警察よりも怖いのが青竜興業の追っ手だ。北東北随一の侠客、寺森彬の顔に泥を塗ったのだ。

捕まれば女郎にされるぐらいではすまされない。

シロクロショウの女として見世物に出され、どれだけ酷い体位を取らされるかわからない。

ことは単純なセックスショウではすまされないはずだ。

大勢の前での放尿や異物挿入など、ありとあらゆることをさせられる。大根でも茄子《なす》でも挿入させられるのだ。

かつて同じように寺森に恥をかかせた女が、馬とやらされたと聞かされたこともある。身の毛もよだつ話だ。

いずれにしても死ぬまで辱められるだろう。辱めの百倍返し。それが寺森流の復讐の仕方だ。

いっそ警察に捕まったほうが楽だと考えることもある。罪状は公然猥褻罪のはずだ。素直に罪を認めれば、三十日程度の拘留で釈放されるだろう。

釈放されてしまうのだ。

青森県警の正面玄関を出たとたんに、そろいの法被を着た青竜興業の若衆に捕縛《ほばく》されることになる。

拘置されている期間だけ身の破滅を先延ばしできるだけだ。

警察に捕まりたくない理由はもうひとつある。

同じく逃亡している相方の修造のことだ。修造は神社の宵宮で無差別に拳銃を発砲している。幸い死人は出ていないが、拳銃不法所持と殺人未遂に問われている。捕まれば長期刑は必然で、それよりも青竜興業に発見されれば殺される。

久美子が捕まるとその足跡から、修造の所在が割れないとも限らないのだ。

自分たちは寺森が死ぬまで逃げおおせなければならないのだ。

「お客さん、東京から？」

イントネーションに気を付け、津軽弁の片鱗も出さずに言い、男のバッグを持ってフロントへと案内した。

バッグは思いのほか軽かった。東京から来た観光客にしては軽すぎるのが気になった。

「僕、青森からですよ」

男が軽やかな声でいう。

久美子はバッグを落としそうになるのを必死で堪え、震える足でフロントに向かった。

3

毎朝新聞の記者、石黒正樹はロビーの深々としたソファに身を沈め、紺絣の着物を着た仲居の後姿を眺めていた。

小柄だが肉付きが良く、全体的にむっちりとして見えた。

仲居はフロントのカウンター越しに、奥の事務室へ客が来た旨を伝えている。

事務室の扉が開き初老の男が出てきた。番頭だろうか。いやホテルだからフロントマネジャーというのかも知れない。

仲居は上半身をカウンターに乗せ、手を伸ばしてマネジャーから宿帳を受け取っていた。

尻をこちらに突き出している。

薄い着物が伸び切って、尻の双山の間の線がくっきりと浮かんでいた。

ひょっとして下着はつけていないのか？

なんとも色っぽい尻である。

石黒は悩殺された。

青森で勤務していた四年間で、たったひとつよい思い出がある。色事である。独り暮らしの気楽さで、月給が入るたびに足繁く裏通りの風俗店に通っていたのだが、淫売婦の発する独特の訛《なま》りに、石黒はいつも昂奮させられたものだ。

「せば、まんじゅうさ、入れでくれねが？」

まんじゅうとは津軽地方で女のアソコを指す隠語である。関東地方のまんこの語尾変化のように思われるが、それだけでもなさそうだった。

形状である。

大陰唇が閉じた状態の女性器は、なんとも大福饅頭に似ている。真ん中に入った筋からは、ときおり白餡《しろあん》が溢れ出ている。

その筋をぱかっと割ると今度は具肉がこぼれ落ちてくる。汁まみれの具肉のありさまは、まるで中華まんを割ったような感じなのだ。

他の隠語も妙にいやらしい。

市内東部にある合浦公園《がっぽこうえん》のベンチで、男子高校生が女子高生に、

『へっぺせねが？』

と言っているのを聞いたことがある。フランス語のような語感である。

東京なら『一発やらないか』という誘いであるが、これがなんとも柔らかい感じに聞こえるから得だ。

『んだな、いまがらへっぺでもすっか』

と女子もおおらかに答えていた。もちろん付き合っているふたりであろう。いずれにせよ雪国の、あの独特な風情ある訛りをもう聞けなくなるのは心残りであった。

「お客さん、宿帳書いてください」

仲居が宿帳を持ってやって来た。

股間から熟れた桃のような匂いがする。

その匂いに微かなときめきを覚えながら、宿帳に東京の実家の住所を書き込んだ。

仲居がじっとノートを覗き込んでいる。こちらの素性をじっと確認しているような目つきだった。

それもそうだろう。

こんな時期にわざわざこんなうらぶれたホテルに単身で来る客は少なかろう。

犯罪者か自殺予定者と疑われているのかも知れないと、記者の勘を働かせた。

「部屋に上がる前に、コーヒーでも一杯飲みたいのですが喫茶室とかはありますか？」

わざと明るく言った。

陽気に振る舞って問題のない客だと報せたかった。

「はい、民宿の食堂のようなものですが、そちらへご案内します。ただコーヒーは私が淹《い》れるインスタントですよ」

仲居もやけに陽気な作り笑いを浮かべ、先を歩きだした。

やたらと曲がりくねった廊下で段差もいろいろある。昭和三十年代の団体旅行が華やかなりし頃特有の造りだ。

造りが複雑になっているほど客は飽きないからだ。二度三度と来ても、まだ見たことのない景色に出会えるように作ってある。

熱海《あたみ》や伊東《いとう》のホテルもそんな造りが多い。

曲がりくねった廊下を抜けると、いきなり海側のパノラマレストランに出た。

円形の全面ガラスの窓から晴れた日本海が見渡せた。

陽光に波がきらきら輝いているが、全体的には荒涼とした雰囲気を漂わせている。

レストランは廊下側のテーブル席と海側の畳敷きの席に分かれていた。

畳敷きは一段高い小上がりになっている。

石黒は、靴を脱ぎ畳に上がった。胡坐《あぐら》をかいてコーヒーを待った。

畳席の奥に据えられたテレビが歌謡番組を流していた。

モノクロ画面の中で、ビートルズの亜流であろう長髪の五人組が歌っていた。こうした連中をグループサウンズと呼ぶことを石黒は最近知った。

「まだカラーテレビに買い替えていなくてすみませんね。東京の方じゃオリンピックはカラーで観ていたんでしょうね。ここらではまだモノクロが普通なんですよ」

東京オリンピックを機会に、カラーテレビが一気に普及したという。

もっとも石黒は本州最果ての町で下宿生活をしていたので、テレビは支局でしか見ていなかった。毎朝新聞の青森市局はモノクロだった。

コーヒーが運ばれてきた。インスタントとはいえ、いい匂いがする。一口啜《すす》る。

「コーヒー旨いですよ」

「そんなこと言って。東京の人は口が上手いからね。それネスカフェですよ」

仲居はそう言って笑ったが、心底笑っているようには見えない。

まだこちらの素性を疑っているような眼つきだ。これこそ記者の第六感だ。

「安井さんですね？」

紺絣の胸に小さなネームプレートを付けているのが見えた。安井久美子とあった。

「はい、お世話させていただきますので、よろしくお願いします」

久美子は胸のプレートを指で押さえ、愛嬌《あいきょう》のある顔をさらにほころばせた。警戒心を解いた感じだ。

テレビ画面がグループサウンズのギタリストをアップにしていた。

「いまどきのエレキギターとかいうのもいい感じですね。聴いていると私、ウキウキして来るんです」

久美子が立ったまま、おどけてギターを弾く真似をした。

警戒を解いた客に、さらに愛嬌を振り撒こうとしてくれている様子だった。

ジョン・レノン風に股を開いて、左手を宙に伸ばし、右手で弦をつま弾く真似をした。下宿先の子供もよく、そうやって箒をギターに見立てて遊んでいたものだ。

と、そこまで思った瞬間に石黒は奇妙な既視感に囚われた。

この姿、いやこの女、どこかで見たことがある！

久美子は、客に対してのサービスのつもりか、そのままギターを弾く真似をして、背中を仰け反らせ、股をさらに開いた。

「テケテケテケ……キュィーン……なんてね。いかすわぁ。このギタリスト」

紺絣の裾が乱れて脛《すね》が僅かに見えた。

むっちりとした太腿までもが覗いている。

これは！

ある忘れられない事件に思い当たった。

コーヒーを飲む手が震えはじめる。飲んでも飲んでも、喉がカラカラに渇いた。

もしあの事件の女ならば、これは大スクープだ。落ち着かねばならない。

石黒はゆっくり席から立ちあがった。

「部屋への案内を頼みます」

出来るだけ冷静に、なおかつ陽気さを失わない口調で言ったつもりだった。

「承知しました。お客さん、エレベーターはこの時期動かしていないので、階段でお願いします。なあに二階なのですぐのことで」

ロビーやレストランに比べて仄暗い階段を久美子の先導で上がった。

目の前にふくよかな尻がぷるんぷるんと揺れている。石黒はごくりと生唾を呑んだ。この尻だ。あの日、栄町神社で股を開いて三味線を弾いていた女の尻だ。

色香に惑わされている場合ではないのだが久美子の尻が揺れるたびに、あの日の光景が浮かび、股間までが膨れた。

薄い絣の着物地越しに尻たぼが浮き上がり、脚を一段あげるごとに尻の割れ目がくっきりと浮き上がった。

股のあわいから、牝《めす》の濃厚な匂いが漂って来るようだ。

この匂いも嗅いだことがある。間違いない。

石黒は確信を得た。

「他にお客様はいませんので、広めのお部屋にいたしました。大浴場は夕方からなので、もう少しお待ちくださいね」

通された部屋はツインベッドで広々とした座敷まで付いている。久美子は、ボストンバッグを置くとまた丁寧に頭を下げて出て行った。

石黒はすぐにテレビのスイッチを押した。

画面にまた音楽番組が映る。

別なバンドがモンキーダンスを踊りながら歌っていた。

『フリフリ』という曲だ。

この大音量の激しいビートはありがたい。これから掛ける電話の声を聞かれなくて済むというものだ。

ベッドサイドの電話を取った。震える指でまだ記憶している番号を回した。

「もしもし、石黒です。デスクいますか？」

三日前まで勤務していた青森支社の小さな小部屋が脳裏に浮かんだ。青森駅前の新町通りに面した雑居ビルにあるほんの四人しかいない事務所だった。

厳密には支社ではなく通信局である。

デスクは弘前まで取材に出ているということだったが、気心の知れた同僚が留守番をしていた。松村《まつむら》だ。

「松っ、昭和三十七年の縮刷版を出してくれ。いや全国版ではなく、県内版のほうだよ」

はぁーと松村の間延びした声がした。

「いいから早く」

「どうした石黒、まぁいい、ちょっと待て」

しばらく間があり受話器の向こう側の机にドスンとぶ厚い縮刷版が置かれる音がした。

「その年の四月の紙面のどこかに、栄町神社の拳銃乱射事件の記事があるだろう」

二十秒ほどして、あった、あった、一面ぶち抜きじゃねぇか、と松村が声をあげた。

「読み上げてくれ」

「えぇー、俺いまから県内版の校了だぜ。読むのかよー」

松村はめんどくさがった。

「頼むよ」

受話器を握りしめる手が汗ばんだ。

「しょうがねぇ」

同僚の朗読で石黒は事件の全容を思い出すことが出来た。


——青森栄町神社拳銃乱射事件——


昭和三十七年四月二十五日。午後八時三十分頃。

青森市の西部を流れる堤川の畔にある「栄町神社」で事件は起こった。

宵宮の舞台に上がった津艶流と名乗る女三味線師中川奈緒子が、あろうことか着物の裾を開いて女の秘部を開帳して見せたのだ。

津軽三味線の名作『津軽じょんがら節』を弾きながらだ。

女がなぜまんじゅうを見せたのかは、いまだ不明だ。

神社はすぐに青森県警に通報。警官が公然猥褻罪の現逮をしようと押しかけた。ところがそこで拳銃を発砲する男が現れた。

浅草の指物師長岡修造という男だ。発砲しながら長岡が女三味線師を連れ去った。

公然猥褻罪だけなら色物的な三面一段記事だが、乱射まで重なったために記事は一面ブチ抜きとなった。

ふたりは堤川に飛び込みそのまま行方不明になっている。

青森県警とその興業を取り仕切った青竜興業が血眼になって探しているが、いまだにふたりの行方は杳として知られていない。

その記事に中川奈緒子の写真を掲載出来たのは毎朝のスクープであった。

着任早々の石黒が、その現場に居合わせたのだ。

北国の遅い桜前線を報せる風物詩としての取材だった。いわゆる新米記者の暇ネタ取材である。そこで石黒は事件に遭遇したのだ。

桜の開花状況よりもやたら淫靡な三味線の音に魅せられて、そちらにレンズを向けた瞬間に女三味線師は、いきなり股を広げ、毛まで晒したのを今も鮮明に覚えている。

夢中でシャッターを切った。

三味線の箱の下からも奇妙な棹が伸びていて、女の肉芽を擦る様子までもが丸見えだった。

もっと接写しようと、人垣を押し分け身体を前に乗り出そうとした瞬間、警官隊の声が響き、同時に銃声を聞いた。

石黒はうつ伏せになりながらもシャッターだけを切っていた。

フラッシュの光に、中川奈緒子の濡れた割れ目が何度も輝いて見えた。

勃起したのをはっきり覚えている。

そのうち屋台の電球や常夜灯がすべて打ち砕かれ、あたり一面が闇になった。

さすがの石黒もカメラを胸元に抱き込み、息を殺して嵐が過ぎるのを待つしかなかった。

記憶はそこまでだ。

発砲し中川奈緒子を連れ出した男がどんな人相なのかも確認出来ないまま、ほうほうの体で社に戻り原稿を書いた。

事件の現場には遭遇したが、いったいどういう背景があったことなのかさっぱり判らないままであった。

だがあの時の光景は、いまもしっかりとこの網膜に焼き付いている。

大胆に太腿を左右に広げ、紅い肉襞をうねらせながら、三味線を掻き鳴らしていた女、中川奈緒子だ。

石黒は、その闇に輝く濡れまんじゅうを見つめたまま、勃起した肉棹を地面に押しつけ、ひたすら腰を振っていた。真っ暗やみとなったので、だれにも気づかれなかったはずだ。

取材も忘れ、恐怖に慄《おのの》きながらも、最後はズボンの中で射精した。

忘れることの出来ない女だ。

あの安井久美子と名乗る仲居、中川奈緒子に間違いない。

偶然やって来た海沿いのホテルで、四年前の事件の女とふたたび出会うとは、これは、自分が見えない糸で事件記者へと導かれているのかも知れない。

ならばそれも運命だ。

「デスクに明日また電話すると言ってくれ。ひょっとしたらスクープが取れそうだ」

4

夕刻になるのを待ち、中川奈緒子はホテルの前の坂道を転がるように駆け降りた。安井久美子の名は五分前に捨てていた。

気持ちははっきり中川奈緒子に切り替わっていた。

ふもとにあるよろず屋の店先で、赤電話のダイヤルを回す。指が震え、声は上擦っていた。

「あんた、明後日じゃなくて今夜出た方がいいと思う」

逃亡の相方であり事実上の夫である長岡修造に、震える声でそう訴えた。

切羽詰まった会話をしているというのに、股の間で淫芽が立つのを覚えた。

この男の声を聞くだけで、割れ目が濡れ、肉襞がざわめきたってしまう。四年の間に修造の手でそんな女に仕立て直されてしまったのだ。

それまで奈緒子に芸の手ほどきをしてくれていた染子は、稽古の合間に執拗《しつよう》に乳首と肉芽を舐めてくる女だった。

舐めしゃぶるほどにそこが大きくなると言っていた。

親分の寺森が乳首と女芽が大きな女が好きなので、そんな女に仕立て上げようとしていたようだ。

やられるままにしていると、確かに乳首も女芽も大きくなった。だが心は投げやりだった。好きで乳首も女芽も大きくしたわけではない。

初めて修造に出会ったときも、三味線でそうされるのだろうと思った。寺森が日頃から「日本一女芽の大きな女」として見世物にしたいと言っていたからだ。

けれども修造は違っていて、奈緒子が気持ちよくなるようにばかり導いてくれた。

『いいか？　その棹で女芽は本当に気持ちいいのか。乳首はどうだ。糸巻の裏側にイボイボを付けた方がいいかもな』

さらには修造の唇と指と棹で女の歓びを回復してくれた。

奈緒子は受話器を耳に当てたまま、赤電話が置いてある台の角に股間をあてがった。

くちゅ！

と女芽の潰れる音がして、坂の上から吹く風がひゅぅと啼いた。

痺《しび》れるほどの快感にそのまま腰を浮かせてしまう。

今度は台の角が肉口に刺さって、ジュワッと蜜がしぶいた。

「あんたぁ。早く会いてぇよぉ」

甘い吐息が送話口に放たれる。

修造はしばらく考え込んでいたが、今夜では車の手配が付かないと溜息をついた。

山形からこのホテルまで山をひとつ越えて来るには、どうしても車がいるのだ。

「明日はどう？　私、一日でも早い方が良い気がする。あっ、いい！」

修造は車の手配がつき次第迎えに来るという。

すぐに電話を切った。逃亡者に長電話は禁物である。

急いでホテルに駆け戻ると、石黒が大浴場に向かう姿が見えた。

奈緒子は様子を窺いながら後を尾けた。

途中廊下で社長の加藤《かとう》に出逢ったので、ボイラーの様子を見に行くと嘘をついた。

すると社長が、めったに来ない東京からのお客さんだから、女三助《さんすけ》でもしてみたらどうだと、笑いながら言った。

「思い切って、やってみます」

奈緒子がウインクして、着物の裾を捲る仕草をすると、社長が目を丸くして、顔の前で手を横に振った。冗談だよと慌てて否定しているのだ。

構うものか。

どうせ自分は明日には消えるのだ。お色気サービスをしても問題になるまい。とにかくあの男の素性を探らなければならない。

あの客が刑事でも青竜興業の追っ手でもなかった場合は、いい思い出になって、また来年も来てくれるかも知れない。

そうすればホテルへの恩返しにもなるというものだ。

背中流しなどという中途半端なものではなく、こってりとサービスしてあげよう。

脱衣所を覗くと石黒の衣服が綺麗に折りたたまれていた。

音を立てないように、こっそりと中を探る。何かこの男の手掛かりになるものはないものか？

名刺も手帳も運転免許証もなかった。

ただ一枚の紙切れがあった。走り書きのメモ。『明日午後三時、デスク戻る。電話』そう書かれてあった。

デスクとはなんだ？

会社に戻るということだろうか？

いずれにせよ、こちらの素性が洗われているような気がした。逃亡者の勘である。

奈緒子は着物の裾をたくしあげ、帯に挟んだ。持ってきた襷《たすき》も掛ける。そのままガラスの引戸を開け、湯煙の中へと足を踏み入れた。

すぐにシャボンに包まれた石黒の背中が見えた。ゆっくりと近づき声を掛けた。

「お背中流します」

石黒が振り向き、目を見開いた。吊り上がった瞳が恐怖に震えている。やはりこの男は何かを知っている。

なんとしても逃げ切らねばならない。

奈緒子は覚悟を決めた。

スポンジを手にし、石黒の背中を撫でた。見た目よりがっしりとした筋肉に触れ、この男が、並外れた体力の持ち主であることが推し量れた。

5

客がいないとはいえ、こんなサービスまでするのか？

石黒は背中を強張らせた。

向き合った鏡の中に自分の顔と上半身が見える。

その肩越しに、紺絣をたくしあげた仲居の太腿までもが映りこんでいた。ときおり陰毛まで覗けた。

それが見えるたびにシャボンに埋まった肉根が跳ねる。

「あの、もうそのぐらいで大丈夫ですよ。女の人に背中を流してもらったことなんかないから、恥ずかしくって」

石黒は慎重に言葉を選んで言った。

もしもこの女が本当に、中川奈緒子ならば、その背後には拳銃を乱射した長岡修造がいるということだ。

ひとつ間違えば、命が飛ぶかもしれない。

「前も洗って差し上げますよ」

腰を降ろした女の両手が、石黒の座る風呂椅子の下を通って、股の間に入って来た。細い指先が玉袋に触れた。玉が一気に縮む。恐怖と期待が混じり合う。

男は玉を握りつぶされたら地獄を見る。だが棹のほうを握られれば天国だ。

「どっこいしょ……」

そのまま仲居は身体を僅かにずらし、鏡に向かって蟹股《がにまた》に開いた。

着物の裾を端折ったままなので、いやがおうでも、女の肉裂が眼に入った。

縦一文字に刈りこまれた恥毛はすでに濡れそぼり、その下の茶褐色の肉扉が半分だけ開いていた。いやらしい肉まんじゅうだ。

石黒の肉棹が天を突いた。シャボンの中から、紅く腫れた亀頭が顔を出す。

そこに仲居の指が伸びて来た。皺玉側から男茎の根元が握られようとしていた。

「いや、そこまでは……」

石黒は自分の手のひらで肉棹を覆った。胸底が、淫情と恐怖のせいで、早鐘を鳴らしている。

「旅の疲れを指で抜いてあげます。私の指、器用なんですよ」

人差し指が亀頭の裏筋に這い、三角地帯の窪みを擽《くすぐ》るように擦られた。亀頭の切っ先から早くも汁が噴き出しそうになる。

「あなたは、いったい何者なのですか？」

石黒は肉幹を勃起させたままそう言い、振り返った。

仲居の瞳が眼前に迫っていた。

「あんたこそ、どこの者なんだい？」

仲居の瞳が真っ赤に燃えている。

とたんにギュウと玉袋を握られた。

背筋が凍るほどの恐怖と恍惚《こうこつ》を同時に与えられ、石黒は総身を硬直させた。

仲居がそのまま睾丸への握力を強めてくる。

芯を張った男根が、射精寸前にまで追い詰められた。皺玉の底からドクリドクリと湧き上がる男汁が、もう亀頭にまで達していた。

「待ってくれ、俺は警察でも組の者でもない。新聞記者だ。それもあなたを追って来たわけじゃない。偶然このホテルに来てあなたに気づいた。三味線師の中川奈緒子さんですね」

金玉を握られたまま石黒は声を震わせた。

中川奈緒子が握力を解く。

金玉は解放されたが、今度は肉幹を擦られた。痺れるような快感の電流が上肢と下肢に分かれて走る。乳首までがしこり立った。

「逃がしてちょうだい。明日にはここから消えるわよ」

奈緒子が耳朶を厚い舌腹で舐めてきた。

シャボンの中で蠢《うごめ》く指に肉幹が搦《から》め捕《と》られ、火のような愉悦が込み上げてくる。

「うぅ、はっ」

スクープを取ろうとする気持ちはあっさりと泡に流され、逆に亀頭がむくむくと奈緒子の指の中から顔をもたげてくる。

真っ赤に腫れあがった肉頭は吠えるように直立していた。

だが、恐怖は消えたわけではない。ひょっとしたら、背後から長岡修造の拳銃が忍び寄っているかも知れないのだ。

振り向こうとする石黒の顔に、奈緒子の顔が重ねられた。柔らかい舌を挿し込まれて、こちらの口蓋と舌裏をねっとりと舐め上げていく。

溜息すら止められた。

そのままの体勢で、しゅっ、しゅっ、しゅっ、と肉根をマッサージされる。かつて経験したことのない得体の知れない快感だった。

「はぅううう」

忙しなく動く奈緒子の指先の快感にはもはや抗《あらが》いようもなく、忍び寄る射殺への恐怖を抱えながらも、亀頭冠の内部には大量の精子が溜まりはじめていた。

射精した瞬間に、拳銃に打ち抜かれるのかも知れないと、歯を喰いしばった。

「あっ！」

石黒の亀頭が割れて、盛大な飛沫《しぶき》があがった、白粘液が胸元まで飛んできた。慌てて口づけを解き、振り向いた。風呂場の入り口や周囲に視線を走らせる。そこには誰もいなかった。湯煙の中に銃身らしきものも見当たらなかった。

「誰も覗き見なんかしていないわよ」

奈緒子がこちらの心情を察したかのように薄ら笑いを浮かべている。

石黒の口から漸《よう》やくため息が漏れた。脱力する。

たやすく陥落されたにもかかわらず、何故か心は晴れ晴れとしていた。

「俺、文化部希望だからね。あなたでスクープを取るよりもビートルズの取材とかしたいんだ。事件なんて忘れるさ。逆に社会部から左遷された方が嬉しいんだ」

乳首に付着した精子を自分の手の甲で拭いながらそう伝えた。満更嘘ではなかった。

「それ、本当ですね」

奈緒子は無言で、指を動かし亀頭の周囲に付着したままの精子の残滓を拭ってくれていた。

スクープは諦めても諦めきれない願望があった。

情けない願望だと承知で、石黒は声をあげた。

「俺も、あなたのまんじゅうに、触ってもいいですか？」

あの日、栄町神社で目に焼き付いた女三味線師の肉まんじゅうが、いま目の前にあるのだ。

出逢った限りは、どうしてもこのまんじゅうの穴の中まで触ってみたかった。

悪事を見逃す代わりに付け入るようで、多少は良心が痛んだが、男の本能にスイッチが入っていた。

鏡の中で奈緒子が頷き、股をさらに開いてくれた。

石黒は目を閉じ、後ろに回した右手を動かす。

指先の感覚だけを頼りに、奈緒子の肉まんじゅうを探った。

あの夜の淫景を思い描き、人差し指を伸ばすと、ぬちゃっと肉に触れた。柔らかい。窪みにそのまま第一関節まで潜り込ませた。

「ぁあっ」

指覚だけでまさぐる女の蜜壺の感触は「見る」以上に妄想を広げた。

奈緒子の表情がどんどん卑猥になっていく様子を脳裏に描き、さらにいくつもの指を使い花びらや肉芽をまさぐった。

ねちゃくちゃと捏ねくり回す。

耳元の奈緒子の呼吸が荒くなるのが判った。

石黒は目を開き、鏡に映る奈緒子を見た。仕上げに指を鉤形に曲げた。

「んんっわぁ、まいねっ、まんじゅう蒸けでまうべ」

ようは、もう絶頂してしまうと言っている。青森の『第三新興街』という風俗街でよくこの言葉を聞いた。まんじゅう蒸ける、だ。

鏡の中に、唇を「へ」の字に結び、眉間に皺を寄せた奈緒子の顔が映った。

必死に昇り詰めるのをこらえている最中の女の顔ほど切なくみだらな表情はない。

そう、あの夜の奈緒子も、三味を掻き鳴らしながら奈緒子はこんな顔をしていた。見ているだけで、石黒もまた切羽詰まってきた。

たまらず親指で、クリトリスを盛大に押してやる。

ぐぃと押す。

縦一文字に並んだ毛が逆立ち、秘孔の少し上の尿口から、びゅっと白水が飛び出した。

「くわぁっ」

奈緒子が顔を皺くちゃにして、がくんと腰を落とした。瞳をとろんとさせ、肩を震わせている。

その瞬間に石黒の欲情のステップが、さらに一段あがった。

湯煙の中で立ちあがり、振り向きざまに天狗の鼻と化している棍棒を、奈緒子の頬に押しつけた。

大浴場の磨り《す》硝子の向こうから西陽が垂れこめていた。紺絣の胸の合わせ目から覗く乳房が、桃色に輝いて見えた。

「舐めてくれ」

が、奈緒子は、しゃぶろうとはしなかった。

「ここではこれ以上は、だめだわさ。いづ、社長さんが見回りにくるが、わがらねぇはんでね」

昨日まで聞いていた津軽弁が、奈緒子の口から突いて出ていた。石黒は、狂おしく張り詰めた男根を握りしめた。

6

奈緒子は石黒の手を引き二階の部屋に戻り、まずは呻《うめ》き声を消すためにテレビを点《つ》けた。

夕方のニュースでビートルズ来日について流していた。自分には判らない音楽だけど、エレキの激しい音は、津軽三味線の獰猛《どうもう》さに似ていると思った。

激しい音を聞くと、すぐに身体が疼《うず》くのは自分の性《さが》だと思う。

画面では太った顔にロイド眼鏡をした政治評論家が、長髪でエレキギターを掻き鳴らす連中を国賓《こくひん》並みの態勢で迎えるとは、国辱的であるなどと吠えている。

それを観て、石黒が舌打ちをした。

この人は、本当にビートルズとやらが好きらしい。

もともとそのおかげで自分は見逃してもらえたのだと思うと、いまバックに流れている『シー・ラブズ・ユー』とかいう歌も、いい歌に聴こえてくる。

「評論家なんて、くそっくらぇだ！」

そう叫んで石黒は一気に浴衣を脱いだ。

奈緒子も一糸まとわぬ姿になって、ベッドに蹲《うずくま》った。

早くやってもらいたくて仕方がない。

「助けてもらったお礼に抱かれようってんではないですよ。このホテル、いいホテルだべ、んだから一回はベッドで、思い切りやってみたかったんです」

これは本音だった。

仲居として働いた奈緒子の目には、この『ホテル湊屋』の観光ホテルとしての命脈は、すでに尽きているように映る。たぶん廃業は時間の問題だろう。

ならばせめてラブホテルか風俗旅館に転換して生き残って欲しいと奈緒子は願っている。

その願いを込めて、ベッドに自分の淫らな汗と汁を染み込ませて去るというのがいいのではないか。

ロビーと玄関を掃き清めたのは間違いだった。

乱していくべきなのだ。

立鳥、跡を濡らす。

行く末を祈るにはその方が良い。

「俺はね。ただ中川奈緒子という三味線師に惚《ほ》れてしまっただけなんだよ」

石黒が覆いかぶさってきた。すでに勃起している乳首を見て、目をぎらつかせている。人並み以上に大きく腫れてしまった乳首を見られるのは恥ずかしかった。

「歳下とはやったことがないのよ」

身体中の血が淫乱に染まり、肌が粟立った。得体の知れない情欲に股のまんじゅうが蒸しあがっている。

「こっちも歳上は初めてだ」

涎まみれの口で乳首を吸い上げられた。甘い電流に総身を震わされる。修造以外の男に舐められるのは四年ぶりのことだ。

「あうぅ」

石黒は執拗に乳首を舐めしゃぶってきた。これほど大きな乳首を見たのはたぶん初めてなのだろう。そのうえ奈緒子があまりにも激しく反応するので、石黒は夢中になってしまったようだ。

じゅるっ、ちゅぱっ。

左右交互にしゃぶってくる。唇で強く吸い、伸びた乳首の尖端を舌先でべろべろ舐めてくる。

「んんんんっ」

堪らずシーツを掴んだ。

そのまましばし石黒に乳房と乳豆を翻弄《ほんろう》されつづけ、それだけで奈緒子は数度の絶頂をくらわされていた。

相方の修造は淫具屋だけあって、さまざまな性技を持っているが、いつもどこか冷めている。それに比べてこの若い新聞記者は、得体の知れないエネルギーをぶつけて来るのだ。

「奈緒子さんっ」

石黒はようやく乳首から口を離すと、いよいよ奈緒子の膝を割ってきた。茂みの下でぷっくらふくらんでいる肉まんじゅうを凝視された。

割れ目は薄く開いているはずだ。たぶん合わせ目の下からクリトリスが顔を出している。その豆も乳首同様大きいのだ。

石黒が息を飲んだ。

「いやっ。そんなにソコばかり見ないで」

「俺はあなたのココを見たかったんだ。たっぷりと見せてくれ」

石黒は何故だか、女の中心に執着している。見られているだけでさらにクリトリスは尖っていく。

鼻先を付けんばかりに覗き込まれた。ぬらぬらとしている小陰唇を大きく開いて、クリトリスと秘孔を交互に眺めているようだ。

股を開いて肉まんじゅうを見せながら三味線を弾くことを芸にしようとしていたが、こうまで覗かれたらさすがに恥ずかしい。

身体中が火照《ほて》り、秘孔からドロリと練乳のような液を溢《こぼ》した。

「はうっ」

いきなり女芽を硬く丸めた舌先で舐められた。べろべろ舐めてくる。

「はうぅうううううう」

全身の皮膚がざわめき、取り返しがつかないほど蜜が溢れてくる。

仰け反りながら石黒の頭を抱えた。

「うぅうっ」

石黒の顔が股間にめり込んだ。女芽だけでなく花びらや秘孔、尿孔まで舐め回された。そのうえ、バンザイをするように両手を乳首に伸ばし、ねちねちと摘まんでくる。石黒の口の周りにはとろ蜜と陰毛が数本貼り付いていた。

奈緒子はのたうち回り、完全におかしくなってしまった。

「ぁああん。もう、まんじゅうに挿して！」

そんな恥かしい言葉を口にするなど自分でも思ってもみなかったが、もう腰が溶けてしまいそうなのだ。

「はい、まんじゅうですね。まんじゅうに挿します」

石黒も熱に浮かされたような赤い眼をして、肉の尖端を秘孔にあてがって来た。

男の先走り液と蜜汁が溶けあったかと思うだけで気が遠くなった。

穴をこじ開けられ、亀頭がずぶずぶと肉の中に割り込んで来た。巨大な鰓が襞を抉《えぐ》りながら入り込んでくる。

大浴場で握ったときから判っていたことだが、石黒のマラは大きい。

修造の逸物《いちもつ》も立派だが、匹敵するほど巨大だ。

巨根の全長が挿し込まれ、子宮をぐいぐい押されると、もうそれだけで昇天してしまいそうになる。

「あぁぁああ」

叫ばずにはいられなかった。

あまりにも膨らんだ石黒の男茎に、肉袋の底が抜けるのではないかと思うほどだ。

石黒が腰を打ってきた。強く、ひたすら深く打ってくる。

緩急などという生温い技など使わず、ただただ打ちまくってくる。

こんなのは初体験だ。

肉筒の粘膜が抉られ、うねるように引き攣《つ》れていく。膣層の中で抜き挿しされるごとに蜜がちゃぷちゃぷと鳴った。

「あぁあああ……もっとめちゃくちゃにしていいわっ」

この五年、息をひそめて生きて来た人生を取り戻すかのように、奈緒子は盛大に声をあげた。

すぱーん、すぱーん。石黒の巨根が大迫力で攻めてくる。

「もう昇く！　いってしまうわっ」

そう叫んだとたんに、正常位から横抱きにされ、ストリッパーがするように片脚を掲げられた。股が大きく開く。

「なんて格好させるんですかっ」

肉と肉の繋がりがはっきり見え、眩暈《めまい》を起こしてしまいそうなほど興奮させられた。

石黒に手練れの感じはない。あえてこんな格好をさせてはずかしめているというより、無我夢中で責めてきている感じなのだ。

「うわぁあああああ」

今度は、股をぴったりくっつけてきた。

これでは松葉崩《まつばくず》しだ。

膣中に、しっかりと男柱を埋め込んだまま、土手と土手を擦り女芽を潰しにくる。

「はぁ〜ん」

肉杭はそのまま膣穴の中で静止した。亀頭だけが、ぶるんぶるんと首を振っている。女がこれに弱いということなど知らずに、石黒は棹を止めているのだろう。ぜえぜえと荒い息を吐き、射精を我慢しているのが判る。

奈緒子はみずからまん肉を締めた。

「んんんんんっ。我慢なんかしないでっ。出してっ」

万力のように締めた。

「おぉおおおおおおっ」

石黒が目を剥いた。口をへの字に曲げている。

亀頭の切っ先が開き、薄い液が漏れだしてきたのだろう。もうすぐだ。

そこで奈緒子は尻を振った。膣が上下する。

「んんがぁあああああああああああ」

石黒が雄叫びをあげ、最終コーナーを全力疾走する走者のような勢いで腰を振り立ててきた。

「いくぅううううううう。いぐ、いぐ、いぐぅううううう」

奈緒子も無我夢中でしがみつき、腰を突き上げた。

威勢よく精汁が飛んでくるのと同時に、こちらも潮を噴き上げた。

果てた。くたくたになった。

そのまま奈緒子は浅い眠りに落ちた。

外でクラクションが鳴った。

暗闇の底で、短く二度鳴った。思ったより早く迎えが来たようだった。

まだ眠りこけている石黒を起こさないように、奈緒子はこっそりと部屋を出た。

何も持たない。誰にも声を掛けない。

奈緒子は、深夜の客を迎えるふりをして玄関を飛び出し、そのまま修造が運転するトヨタ・パブリカの助手席に身を沈めた。

パブリカは坂を全力で転がるようにホテル湊屋を後にした。

「デスク、忙しいところ、電話番をしてもらって申し訳ありませんでした。ですが、良い報せではありません。四年前の栄町神社拳銃乱射事件で逃げていた女を見つけたと思ったのですが残念ながら人違いでした。まったくぼくは、事件記者としては失格ですね。勇み足になるところでした」

「そうか。じゃあ、こっちも悪い報せだ。おまえの名古屋総局の社会部行きは取りやめになった。左遷だ。東京本社の文化部へ行け。六月に来日するビートルズとやらの取材チームに入れとよ」

石黒は耳を疑った。

「どういうわけだかザ・ビートルズの招聘元から文化部長に電話があったそうだよ。石黒正樹って記者をぜひ取材陣にいれろってな。浅草の大物興行師の推しがあったらしい。おまえなんか覚えがあるか」

不意に長岡修造の名前が浮かんだ。裏の道の稼業を通じて興行師に伝手《つて》があってもおかしくない。

奈緒子が言ってくれたのだ。

「いいえ、何か勘違いされたんだと思います」

声を落としていった。

「まぁ、そうがっかりするな。何年かしたら社会部に戻れるようにしてやるさ」

青森支局のデスクがしかめ面をしているのが、電話からでもよくわかる。

石黒は意気揚々とホテルを出て坂道を降りた。さあて、どうやって東京に出るか？

昭和四十一年の春の朝空はまだ寒々としていた。

第三章　博多っ子淫情

1

博多《はかた》中洲《なかす》の名画座で博徒《ばくと》物の三本立てを見終えた長岡修造は、表通りに出るなり、両手を掲げて大きく伸びをした。

「鶴田《つるた》浩二《こうじ》と高倉健《たかくらけん》のコンビはいい。忍んで忍んで最後は負けると知っていても敵陣に乗り込んでいく。あれこそが任侠《にんきょう》映画だ」

胸中でそう呟《つぶや》いていた。

手を伸ばした先にある中州の空はまだ菫色《すみれいろ》にくすんでいる。

懐中からハイライトの箱を取り出し一本咥《くわ》えた。

火をつけ煙を吐くと、己のため息のような紫煙が、空の色に吸い取られていった。

夕間暮れの空が『おまえは目立つな』と言っているようであった。

目立ってはならない身の上である。

逃亡者だ。

空が藍色《あいいろ》に変われば、この辺り一帯にぼっとネオンの火が灯《とも》る。

その瞬間、花街は一気に覚醒するのだ。

修造はその「火入り」を見るのが好きであった。

根っからの花街育ちである。

夜の帳《とばり》が降りる瞬間はどうにも胸が騒いでしょうがない。

火入りにはまだ一時間ほどありそうだった。

目抜き通りはようやく目覚めたばかりの様子で、あちこちの店先であわただしく若い衆や仲居が水打ちや塩盛りをしている。

色と水の棲《す》む街の日常風景だ。

「旦那。いいのがあるから、買っとっと」

そんな声に修造がハイライトの灰を撒き散らしながら振り返ると、狐目の若造が茶封筒を差し出してくる。

十八歳かそこいらの若者だった。

高倉健を真似た角刈りに天海組《あまみぐみ》の半纏《はんてん》を着ている。このところ歓楽街ではどこもかしこも高倉健と菅原文太《すがわらぶんた》ばかりだ。

若造はこの土地に来て一年になる修造の顔を知らないらしい。

「いい写真じゃき。裸のふたりが組んずほぐれつの写真たい。最後の一枚には思い切り腰と腰がぶつかっちょる様子が入っとる。わしら久留米《くるめ》のアパートに隠れて直接現像しとるけん、これはまっこと本物だきに」

精一杯凄んで見せている。

本当に俺のことを知らないらしい。

困ったものだと思いながらも、稼業の習性で、こちらも思い切り眼を吊《つ》り上げてしまった。

眼力と眼力がぶつかり合った。

若造が怯んだ。渡世に生きる年季と貫目《かんめ》の違いである。

「おっとと。旦那、なんでそんなおっかない顔すっと？　これいい写真けん。ばってん今日は旦那の顔を立てて千円に負けておくけん。いいや、五百円でええ」

声がひっくり返っている。

狐目だったはずの目がいまはおおきく見開かれていた。凄みが消えた顔はあどけない少年にしか見えなかった。

修造は笑った。

いい歳をしてガキを泣かせてもしょうがない。修造はあえて笑みを浮かべた。

「上等じゃないか。二千円で買ってやる」

懐から札入れを取り出し、伊藤博文《いとうひろぶみ》を二枚抜いた。

「なんなら聖徳太子《しょうとくたいし》も一枚つけてやろうか？」

本気ではない。からかいである。

「旦那、堅気じゃないっとね？　人が悪い。先に言ってほしいばい。金なんかいらん。いらんいらんとっ」

若造は封筒を地面に投げ捨て、逃げて行ってしまった。金ももちろん受け取りはしなかった。

地面に落ちた封筒を拾い、中身を抜いて見た。

苦笑せずにはいられない。

横綱大鵬《たいほう》と大関北葉山《きたばやま》が、がっぷり四つに組んだ写真だった。

三枚の組み写真である。最後は北葉山がうっちゃって横綱を倒した名場面だった。

たしかに裸の組み写真に違いねぇ。

若造は裸のふたりとは言っていたが、男女とは言っていない。組んずほぐれつの図であることも間違いではなかった。

天海組も目端の利く若造を抱えているものだ――。修造は感心した。

さすが『色』を主力にしている組だけのことはある。

天海組は博徒ではない。神農系《テキヤ》である。盆をあげない代わりに庭を持つ。庭とは販売の縄張りのことだ。

天海組は博多の歓楽街のほとんどを庭にしているという。

特殊浴場の女の口入れを主力に、白黒写真、ブルーフィルムの捌《さば》き、さらにはたちんぼの護衛まで色に関わることなら何でもやっていた。

公衆電話のボックスに『人妻・ビジネスガール多数』のビラを貼るのもこの組の若い衆たちの日課であった。

売春とはどこにも書いていないのがミソだ。

近頃ではキャバレー経営という正業にまで進出し、親分である大蔵義忠《おおくらよしただ》は実業人としての評価を得ている。

修造は、五年前に北の果て青森で拳銃乱射事件を起こしていた。

惚れた芸者と駆け落ちするためだった。

淫具屋という稼業を営む以上、渡世人のはしくれである。

にもかかわらず、地元の組の配下にある芸者を攫《さら》ったのだから、殺されても仕方がない。とにかくほとぼりの冷めるまで、あちこち逃亡せねばならない身の上であった。

その芸者は三味線を弾きながら、着物の裾を割り、股を開いて『まんじゅう』を見せる『色芸者』である。まんじゅうとは津軽弁で女陰のことだ。

この色芸を仕込んだのが修造だった。

三味線箱の底に淫棹を付けて、肉穴に挿入しながら弾くという芸を考案してやった。淫具屋はそんなものまで作らされる。

作っただけならそれでよかった。

造作を決めるにあたって、芸者のまんじゅう穴に指や自棹を入れ、取りつける淫棹の太さや長さを計っている間に離れることのできない間柄になってしまったわけだ。

いまでもあいつのまんじゅうを思い出すと白褌《ふんどし》の中で、肉根がそっくり返る。

まったく情けねぇことだ。

二年前、女の公然猥褻罪はすでに時効が成立していた。だが、ふたりそろって逃げるのは、もはや限界だった。

一年前、新潟を出るところで別れた。

女は東京の阿佐ヶ谷《あさがや》に匿《かくま》ってもらっている。修造の同業に近い指物師の爺《じい》さんの家だった。

この爺さんの裏には新宿《しんじゅく》興行がついている。青森の田舎外道《げどう》もおいそれと手が出せないはずである。

爺さんは歌舞伎町《かぶきちょう》の連れ込み宿の絡繰《からく》りを一手に引き受けている職人だ。

こうした色師はある意味、極道にとってなくてはならない技術者といえる。

先ほどの若造も久留米のアパートに現像設備があることをほのめかしていたが、天海組は本当に写真技術者を数人囲っている。

北の端で事件を起こした自分が、この南の地で匿われているのは、これもひとえに色商売の一端を担えるからである。

修造は現在博多の各ストリップ劇場で女たちが『ベッドショウ』で使う張り形を拵えている。

天海組への恩返しである。

天海組の大蔵義忠と青森の寺森会長が犬猿の仲だというのも幸いした。

東北と九州はどちらも色の道で働く女の名産地。

吉原、川崎、新宿の特殊浴場で働く女の大半が東北か九州の出身者と言われていた。ストリッパーもピンク映画の女優もしかりである。

北国と南国の女は客に評判が良いのだ。

東京に女を配給することにおいて互いが強力な商売敵であった。

ゆえにこの昭和の時代にあって天下の女衒を気取る、南の天海組と北の青竜興業はしのぎを削り合っていた。

一方が追えば他方が救うは渡世の常である。

おかげで、おのれの身も安泰となっていた。

逃亡のきっかけとなった拳銃乱射事件はすでに事実上のお宮入りとなっている。誰を殺《あや》めているわけでもなし、青森県警もそれほど暇ではないということだ。

殺人未遂の時効は十年。まだ四年あるが青森県警にとっては所詮はヤクザ者《もん》同士の揉めごとで、五年も経ったいまさらほじくり返すつもりもなさそうだ。

問題は青竜興業からの追手だけであった。

顔に泥を塗られた極道ほど、怖いものはない。

「なあに青竜興業なんざ、この博多では何ひとつできんけんな。長岡さんは安心して遊んどってください。ストリップ劇場の他に祐末《ゆみ》のキャバレーのショウでも手伝ってくれれば、それでよかです」

先週、突然大倉義忠にそう言われていた。

淫具づくりはともかく、キャバレーの手伝いとは思いもしなかったことだが、大蔵の声にはどうしても手伝えという意が暗に込められていると感じた。

祐末とは大蔵のひとり娘。今年で三十歳になる女だ。

背がすらりと高く、極道の娘とは思えないほどの知性的な顔をしていた。

もっとも気は強く若頭をはじめ幹部たちも、たじたじとするほどの啖呵《たんか》を切ったりもする。

いつか博多駅の前で調子よくナンパした大学生が、祐未に両頬を張られ、揚げ句に、手酷い金蹴りの浮目にあった。

『天海の祐未』の名を、博多の裏社会で知らない者はいない。

「あの娘が怒ったら、大の男でも手が付けられまっせんっ」

とは天海組きっての武闘派である若頭黒田《くろだ》大造《たいぞう》の弁だ。

二本目のハイライトが短くなった頃、その祐未が経営するキャバレー『リッチヒルズ』が見えてきた。

空も藍色に染め変えられていた。

修造が金色に塗られた正面扉にたどり着いた瞬間、頭上でパッと巨大なネオンの花が咲いた。

火入りである。

赤、青、緑、黄色、橙色《だいだい》の電球がぐるぐると回転するように明滅を繰り返す様子は、隅田川《すみだがわ》に上がる花火を思わせた。

修造は郷愁を胸に、店内へと入った。

ロビーからしてホテルのフロントを思わせた。総鏡張りの壁と床で、開店時には、ここに総勢五十名のホステスが並んで客を迎え入れる。

床も鏡張りなのは、ミニドレスの中のパンツも観てもらうためだ。スカートを捲って見せるのを照れくさがる娘も、これでしっかり見られることになる。

閉店近くなると、酔ってパンツを脱いでしまうホステスも数人いる。ちょっと露出狂の女たちだ。

ぶ厚い観音開きの樫《かし》の木の扉を両手で広げると、豪華絢爛たるグランドキャバレーのホールが見えた。

三百人は収容できる階段式のホールだ。

二階はホールを見渡せるバルコニー席になっている。

大蔵いわく映画で見たラスベガスのシアターレストランを真似て作ったのだそうだ。

ホール正面に半円形のステージが据えられ、そこから花道が伸びている。ストリップ劇場の『出べそ』のようなものだ。

メインステージには、フルバンド用のひな壇がセットされている。

譜面台とドラムセットのバスドラムには『RICHHILLS　GRAND　ORCHESTRA』の文字が描かれている。

専属バンドということだ。

天井には五基のシャンデリア。ミラーボールも吊るされていた。

まさに西海一のグランドキャバレーだ。

まだバンドマンがあがっていないステージの前に大蔵祐未の後ろ姿が見えた。

2

「愛子《あいこ》もっと股を広げっととっ。なんでツンパを取らんの。今日の特選はあんたっしょうが」

開店前の人気《ひとけ》のないホールに祐未の甲高い声が飛んでいた。

修造は、ボックス席の間の曲がりくねった通路を進んでステージ前へと歩み寄った。

黒のパンタロンスーツ姿の祐未の背中が見える。

その後ろ姿はまるで宝塚の男役スターのようだった。

「ばってん、姐《ねえ》さん、おボボ開きは本番の時で、よかでしょうやろが」

大ステージの上で、スパンコールのブラジャーとパンツだけをつけた踊り子が、片足を椅子の上に乗せ、ポーズをとりながら唇を尖らせていた。

大内《おおうち》愛子だ。

何度か踊っている姿を客席から見ていたことがある。小柄だがスタイルがいい。笑顔で腰を振りながら、客を乗せるのが巧い踊り子である。

「練習でツンパも取れん女が、本番でお客が入ったら、よけいに取れんでしょうが」

どうやらパンツを脱ぐ脱がないで、経営者と踊り子のあいだで、問答になっているようだ。

ストリッパーは金にならない『まんこ見せ』はしないものと相場が決まっている。

浅草のフランス座やロック座の踊り子たちも同じだった。稽古で肉裂など見せてもしょうがないという。

このリッチヒルズでは毎夜ダンスショウが行われている。

ストリップ小屋ではなく、あくまでキャバレーのショウなので、ほとんどの夜は、ブラジャーを取るまでである。

しかも乳首の上にはキャップが被せられており、それを取って見せるのも、せいぜい三日に一度ぐらいのものだ。

ところがリッチヒルズには不定期に『特出し日』が設けてある。

秘密のショウタイムだ。

『特出し日』にはラストに踊る女が乳首どころかパンツも脱いで、まん処を曝け出すのだ。

偶然この日に出くわした客は僥倖《ぎょうこう》に恵まれる。

いつやるかはマダムの祐未の胸中にしかないという。

三日連続で特出しをやったかと思えば三か月ぐらいぴったりと止まることもある。

祐未と警察の駆け引きもあるが、いつやるかわからないというのが、こまめに客に足を運ばせるコツともなっている。

特出し日に生ボボを曝す踊り子を『特選さん』と呼んでいる。みんながみんなやるわけではないのだ。

『特選の愛ちゃん』は、リッチヒルズの客の中では評判である。

特出しをする踊り子の中でも、もっともまん処がピンク色だということで大人気を博している。

クライマックスで分厚い肉襞を指でこじ開けた瞬間に、必ずと言っていいほど蜜液をトロリとこぼす様子が、なんともいいらしい。

『必ず汁をこぼす、特選の愛ちゃん』とも呼ばれている。

「届け物にきやした」

パンツを降ろす、降ろさないで、口論している祐未の背中に修造は声を掛けた。

「あらっ、長岡さん」

振り返った祐未が驚いた顔をした。口論に夢中でこちらの気配に気づかなかったらしい。いつにも増して気を張った表情である。

切れ長でいかにも聡明そうな目。よく通った鼻筋が、その気高く孤高な性格を表わしていた。唇は薄いが妖艶であった。その唇が動いた。

「申し訳ありません。わざわざ届けていただくなんて。こちらからボーイを差し向けましたのに」

「なんの。あっしも淫具屋でござんす。拵えた物の出来不出来をちゃんと確認するのも仕事でして」

修造は言うなり懐から紫色の小風呂敷に包んだ『一本』を取り出した。

「いまどきのプラスチック製の天狗の鼻なんかとはわけが違いますぜ」

「中身を見せてください」

祐未が脇のテーブルを指さして言う。修造は包みを解《と》き、テーブルの上に男茎を模《かたど》った一本を転がした。まだ香ばしい木の匂いがする。

亀頭冠、棹、玉袋をきっちりと模倣したつもりだ。

亀頭と棹の間の括《くび》れほぼ実物に近い出来栄えで、棹には筋まで入れてある。脈打つ男根そのものが祐未の目の前に転がった。

修造、自信の作である。

「ヒバです。ヒバは湯に混じりやすい」

これは青森市の酸ヶ湯温泉にある総ヒバ造りの千人風呂から着想を得ていた。使う踊り子が濡れやすいと聞いてヒバを採った。花梨では硬すぎ、ヒノキでは軟らかすぎる。

「ですが、玉袋までつける必要はあったとですか？」

祐未が訝《いぶか》し気に淫木《いんぼく》の底を眺めている。

金玉にも細い皺を数百本も巡らせているのである。その部分を、祐未は目を細めて見つめていた。

「これは使う本人よりか、見世物としての効果を狙っているんで」

修造は笑ってみせた。淫具には自己使用と他者使用の用途がある。今回は自己使用だが、意味合いとしては他者使用となる。

「女が自分で悦びを得るってことでは、サネをくじる枝を付けるっていうのが本筋だと思うんですよ」

チラリと祐未の顔を見ながら講釈を垂れてやった。

祐未の頬が微かに赤くなっている。たぶん、本人もサネを弄っているはずだ。どんなに強がりを言っている女でも、どんなに学問に秀でている女でも、女である限り『ひとりサネいじり』はやっている。それが淫具屋修造の持論だ。

修造は続けた。

「観ている客は自分のが入っているのを想像したくなるってものでしょう。そうするってえとサネをくじる枝は本来男にはねぇもんで。現実味というものが薄くなる気がしましてね」

祐末が頷いた。

目が模倣の棹に釘付けになっている。

「サネを押すもうひとつの方法として金玉をつけやした。上下をひっくり返して使えばいいんです。棹は比較的短くなっています。ですので根元まで挿入すると、この金玉のふくらみが土手代わりになってサネをパンと潰すって寸法で」

修造は手のひらをパンと叩いた。土手で肉芽を潰す勢いを手で演じてみせた。

「さすがに長岡さんの作るものは凄い」

祐末は張り形を手に取ると、ステージの愛子に向けた。

「姐さん。まさか舞台で『まん刺し』をやれと言うんじゃ……」

ステージの上で、愛子が素《す》っ頓狂《とんきょう》な声を上げた。じっと淫棹を見つめている。

「いやですばいっ。ボボば見せてもいいけん、けんど『まんちょ穴』にそげんものば入れるのは、いくらうちでも、いやっとばい」

愛子は激昂《げきこう》していた。

祐末が怒鳴り返す。

「ボボ見せるぐらいじゃ、もう誰も喜ばんたいねっ。愛子ぉ、あんた先月も二十万も前借《バンス》ば取ったいねぇ。まんま刺し五回で帳消しにしてやるけん、今夜からやりぃ」

色町では金主がすべてを支配する。

それがこの世界での不文律である。

「姐さん。それはひどかっ。ひどか話ですたい。そんなら、うちをお湯に沈めてくれたらえぇとよ。男の前で、まん刺しして見せるよか、その方が、よっぽどましと言うもんばいっ」

祐未がステージに駆け上がった。

いきなり愛子の頬を張った。小柄な愛子が吹っ飛んだ。ステージの後ろに組まれているドラムセットにまで飛んでいた。

派手な音を立てて、シンバルセットが崩れ落ちる。

「あんたぁ、映画スターにでもなったつもりか？　キャバレーの特出しストリッパーが、何を言うきに」

祐未が鬼の形相《ぎょうそう》で啖呵を切っている。愛子はステージに尻もちをついたまま、顔を引き攣《つ》らせた。

「さぁ、ここですると や。せんやったらいますぐ二十万、耳揃えて持ってこぉ」

鮮やかな追い込みである。女は女が仕込むのが一番いい。修造は腕組みをしながらその光景を見つめていた。

愛子が観念したように微かに顎を引く。瞳は見開かれていた。恐怖に慄《おの》いている目だ。そのぶん妙な色気がでている。

「なら、まずはブラとツンパば、脱ぎんしゃいねぇ」

祐未に上下の衣装を指さされた愛子が震える手で、スパンコールをちりばめたブラジャーの後ろホックを外しはじめた。

ほろりと乳房が現われる。

お椀形のきれいな稜線をしたバストだ。乳首にキャップはつけられておらず、桜色の突起が飛び出していた。

羞恥か恐怖か、どちらのせいか判別できないが、乳首はとてもしこっている。

「下も早く、取りんしゃいねっ」

祐未が急き立てた。

「姐さん、けんど長岡さんの目の前でボボまで出さんとならんですか」

愛子がちらりと修造に視線を向けていた。客でもない男に見せたくはないといった表情だ。

祐未がこちらを振り向いた。握っている張り形を振っている。

「あんた、まだ勘違いしちょるがな。長岡さんは見るだけやないど。挿してくれる人たい」

にやりと笑った祐未に張り形を手渡された。

試打はこちらに任せるらしい。

「いやや。そんなの好かん。まな板ショウやあるまいし、そげんこつさせんばいっ」

愛子がパンツの前に両手をあてて尻を床に擦ったまま後退さった。真後ろにバスドラムがあった。ドンと音がする。

「あんたは、本当のこつ、自分の立場がわかっとらんね」

祐未が愛子の投げ出した脚に跨り、むりやり腰骨に手を伸ばし、パンツを引き抜きにかかった。

「いややっ。姐さんっ」

愛子は泣き出した。

祐未は聞く耳を持っていなかった。

もとより愛子よりはるかに体躯の大きい祐未はいつのまにか組み敷き、もがく愛子の足首からとうとうパンツを引き抜いてしまった。

「姐さん。ひどいっ。ひどいごつ。うち、今日はまだまん毛も剃っとらんとに」

ステージの上で丸裸にされた愛子が、身を縮めて肉処を隠していた。

そろそろ自分の出番だと、修造は祐未から受け取った張り形を手に、愛子の前に勇《いさ》み出た。

「股、広げろや」

上から見おろしたままドスを利かせた声で言ってやる。

ここは貫目の違いを見せねばならぬ場面だ。手を荒げず女に股を開かせるのも淫具屋の腕である。

愛子の唇が震えていた。目と目が合う。先ほどの若造の時と同じように、じりじりとにらみ合った。

「くっ」

先に視線を外したのは愛子だった。同時に股間に置かれていた両手が外された。勝負はついた。

少し伸びた陰毛の下にこんもり盛り上がった肉丘が広がっていた。

薄茶色の肉扉はまだピタリと張り合わさっている。

肉丘の真ん中で一本の筋が、くにゃくにゃと蠢いていた。

「股を広げろっていうのは、襞まで開けってことだぜ」

修造は畳みかけた。

ふたたび大迫力の眼力で迫ってやる。後方に立った祐未までが息を呑む気配がした。

「はっ、はいっ」

愛子は顔を横に曲げ、こちらには目を合わせずに肉扉を寛げた。

くちゅっ。

二本の指で薄茶色の襞が左右に押し分けられる。

中からピンク色の具肉が現われた。ぬるぬるしているようだ。

評判通りのまん処だ。

マニキュアを塗ったようにテラテラと光るパールピンクの肉陸の底で、秘穴がパクパクと開閉している。

あの小さな穴に実物大の木頭《ぼくとう》を突っ込むことになる。

修造は冷静に愛子に迫った。

「顔をそむけるな。俺の眼をしっかり見ていろ。挿している時も、目を離すんじゃないっ」

愛子の顎に手をやり、顔全体をこちらに向けさせた。愛子はあわてて修造の顔を見返してきた。

瞬間。ドロリと蜜液がこぼれた。羞恥と快楽が入り混じったような目をしている。

「いいか、俺の目から視線を離すなっ」

修造は念を押すと、股間に張り形を当てた。

ぴちゃっと、蜜が跳ねる音がする。木頭が自然に窪みを探り当てた。その周辺を旋回させて擽《くすぐ》ってやる。

「あぁぁ」

愛子の瞳が細められた。代わりに口が大きく開いた。

「くぅうう」

木製の男根の先端が入った。愛子の眼がしっかりと閉じられてしまう。いやいやと首を何度も振った。唇もきつく結ばれている。

「目を瞑るんじゃゃねぇ」

怒鳴ると愛子があわてて目を開けた。

双眸は驚くほどに純真な色をしていた。

その顔を見つめながら木製男根をぐっと押し込んでやる。

ちゃぷっといやらしい音がして、太い淫具が愛子の肉層の中へと沈み込む。

「ぐわぁああ」

根元まで挿入させた。皺玉部分が尻の穴のあたりにぴたりとくっつくまで挿し込んだ。挿し込んだまま軽く揺さぶった。

「はぅううう」

愛子が背筋を張った。

「呻くだけじゃゃわからねぇ。いまの具合はどうなんでぇ」

江戸弁で攻め立てる。

「入ったとよ。おまん処に棹が刺さってしまっとっけん」

「具合は、どうなんでぇと聞いているんだ」

「あぁっ。よかっ。よかっばいっ」

愛子はまた目を閉じてしまった。

きつく閉じた目尻から喜悦と思える滴《しずく》が流れ出す。苦しみや哀しみの涙ではない。いま愛子は喜悦に泣いている。

落ちろっ。

修造はさらに淫具を押し込んだ。

挿し込んだまま淫木をくるりと半回転させる。淫棹の金玉が上になる。

「うっはっ」

玉部をグリグリと肉芽に押し付けてやる。

ぱっくり割れた肉丘の上縁から飛び出している肉マメがぐしゃりと潰れた。

「うわぁあああああ」

瞬く間に愛子の口が大きく開いた。

上下の唇の間に幾筋もの唾液が糸を曳いている。

それがそのまま淫口の粘つくさまに見える。

修造は淫棹を律動させた。ヒバの淫棹はすでにたっぷりと蜜を吸い、女の肉路に馴染んでいた。

ずっぽ、ずっぽ。ずぼっ、ずぼっ。

「あっ、いやっ、あっ、あっ、気持ちいいたいねっ。これよかばいねっ」

愛子が歓喜の声を上げはじめた。修造はそっと愛子の手に張り形を握らせた。

「自分で押せ」

「あっ、はいっ、けんどまだ恥ずかしばい」

「人の目なんか気にするな。家でやるような調子でやれ。客が見たいのは演技じゃない。サルのように擦りまくって昇天する女の姿だ」

「そげんこつ、言われても」

愛子はまだためらっていた。

「色商売で生きていくなら肚括《はらくく》れっ。パンツつけたままチャラチャラ踊る女なら、下からいくらでも上がってくるわっ。あと十年稼ぎたかったら、腸《はらわた》まで見せる気でやれやっ」

修造は挿してある淫棹の尾を、爪先で思い切り押した。

「あうっ、なんばしょっと、ぼぼ破けてしまうたい。うちもおかしくなってしまうたい」

愛子が言いながら白目を剥いた。

「おかしくなっちまえ」

修造はふたたび淫棹を急速度で出し入れしてやる。ズボズボ出没させる。

「ひぃいいいっ。昇くっとばい。うちいくっとばいっ」

狂乱する愛子の手に淫棹を握らせた。

「あひゃ、いぐ、うがっ、いぐいぐいぐっ」

今度は夢中で自掘りしはじめた。本能を剥き出しにしたいやらしい顔だった。

「いいベッドショウができあがるぜ」

修造は祐未を振り返った。

いつの間にかボックス席に降りていた祐未が、テーブルの隅に股間を当てて擦りたてていた。

こちらの視線にあわてて、股を外したが、パンタロンの中心に小さな窪みができているのを修造は見逃さなかった。

3

キャバレー、リッチヒルズにおける愛子のベッドショウは大反響を呼んだ。

天海の祐未の面目躍如《めんもくやくじょ》だ。

ストリップ劇場ならいざ知らず、キャバレーのステージでバンド演奏をバックに実演するベッドショウは客たちの度肝を抜いた。

演出も秀逸であった。

愛子がパンツを降ろすのと同時に、バンドはそれまでのアップテンポのナンバーからスローに変える。

悩ましいムード歌謡を演奏するのだが、あくまでも愛子の踊りに合わせるのだ。

レコードの音に合わせて踊らねばならないストリップ劇場とはそこが違う。愛子は自分の気持ちが高まるまで、股間のびらびらは開かない。

淫気が最高潮に高まったところで、襞を開き、淫棹で花芯を擦り始めるのだ。

ぐっと差し込んだところで、テナーサックスのソロに変わる。

サム・テイラーの名作『ハーレム・ノクターン』だ。

抜き差しするシーンではリズムに合わせて、コーラスの女三人が甘い溜息をいれる。サックス・ソロは愛子が果てるまで続く。

おかげで客たちは『ハーレム・ノクターン』のメロディを聞くたびに、愛子のまん処が裂ける様子を思い浮かべるようになってしまった。

特選ショウは、リッチヒルズの人気裏メニューとなり、それを目当ての客がにわかに増えた。

店は息を吹き返す。そして、ひと月が過ぎた。

その夜、修造が退屈しのぎにリッチヒルズに顔を出すと、愛子が筑豊《ちくほう》で暮らす父親の具合が悪いらしく、里帰りしていると祐未が困惑顔で言う。

「愛子がいないんなら、今夜の特出しはないいな」

「それが、オヤジからさっき電話があって、今夜は市議会の人たちが来るけん、なにがなんでも特出しやれって」

「愛子の他にも特選はいるだろう」

「いるばってん、ベッドショウまでは契約しとらんとよ」

「アソコさえ見せてやればいいんじゃないのか？」

「足らんとよ。いまじゃ、うちの名物はまん刺しけん。ボボを見せたぐらいじゃ、だーれも納得せんとよ。なして今日に限って市会議員なんかが来ることになったとやろか」

「じゃぁ、誰がやるんだ？」

「うちしかおらんばい」

祐未はうろたえていた。

「えっ？」

修造も動揺した。

一方、この女がまん処や自慰を見せるのだと思うと、久方ぶりに胸が高鳴った。

天海の祐未——。気性は荒いが、アソコは清らかそうだ。修造はそんな妄想をした。

いくら世話になっていても、男はそんなものだ。どんな女のおまんちょも見れるものなら、見てみたい。

「ならば、いますぐにあんたようの淫棹を作って来てやる。ショウは何時にやるつもりだ？」

下心を悟られないように、事務的に聞いた。

「十時。終《しま》いになる直前にやるのが決まりやけん」

まだ八時だった。

「本当は、あんたのまん処を確かめてから造るのが常道《じょうどう》なのだが」

修造は祐未のパンタロンの股間に目をやった。祐未は股間をくねらせた。

「あっ、いま見せないけんかね。いや修さんとは顔馴染みよって照れくさいばい」

祐未が股に手を当てた。

「自分で触ってどうする」

「あっ、いや、うちはフリーサイズやけん、修さんの思う標準サイズで作ってくれたらええたい」

頬を引きつらせながら言っている。

修造としても、大蔵親分の娘とあっては、むりやりパンタロンのファスナーを降ろしてまん処に手を突っ込むわけにもいかない。

「標準サイズか。まあいい。ああいうものはきちんと誂え品にしたほうがしっくりくるのだが、それはそれとして、だいたいのところで作って来る。金玉までは付けられないがな」

「この際、金玉は要りまっせん」

修造はすぐに組事務所に引き返した。

特別に与えられた工房で無心に木材を削った。今回はヒノキではなく樫をつかった。ヒノキのほうが軽くてスナップが利かせやすく、小柄な愛子には向いているのだが、大柄な祐未ならもっと重い材質のほうがきっと迫力を感じてくれるのではないか。

淫棹は使う女の気性によってマッチする材質が違ってくる。

脳の中で祐未のまん処を想像した。

亀裂は長いのか短いのか。それによって鍔《つば》のサイズが変わる。今回は金玉の模造をしない代わりに、柄尻に円形の刀の鍔のようなものを付けようと思う。

全長を差し込んだ際に、女芽を押すポイントはやはりあったほうが良い。パチンコの玉を半分に切ったような大きさのイボを付けてやる。

大柄なので、亀裂はやや長いような気がした。そう想定する。

素材となる丸木から、鑿《のみ》と鑢《やすり》だけで形作っていく。短めのやや太め。ずんぐりした形の淫棹にした。

大事なのは反り具合だ。全長を押し込んだ際には、きちんと子宮にあたり、膣の中ほどまで引き上げた際には、上方を擦れるように反っていたほうがいい。

女は自分ではしぶきたがらないが、見世物としてならときに飛ばして見せるのも愛嬌だ。祐未の膣層の収縮具合が分からないので、過去に作った同じ体型の女の膣を思って、反りを入れた。

額に汗すること一時間。

祐未用の淫棹が完成した。すぐにリッチヒルズに向かってタクシーを飛ばした。

「用意できたぜ。まっ、やりやすいように小ぶりにしておいたが」

笑いながら短小極太の淫棹を差し出した。急場しのぎの割にはよくできている。

それよりなにより祐未がまん処を広げて、こいつを刺し込むのかと思うとぞくぞくした。決して堅気ではない祐未だが、実のところは初心《うぶ》であると、修造は見抜いている。

使用人である踊り子には強いことが言えても、自分でまん処をさらすとなると怖じ気づいているに違いない。

そこに修造は興奮するのだ。

初心な女がおそるおそる大勢の客の前で淫棹を挿入する様子は、想像しただけで股間が硬くなる。

セックスとは違う興奮だ。男は女が恥ずかしがるほどに興奮する生き物だ。

「緊張するわ」

すでにスパンコールのブラとパンツ姿になっている祐未が、舞台袖でそのグラマラスな身体を震わせていた。

部分的にせよ、はじめて見る祐未の生肌は肌理《きめ》が細かく艶やかだった。

身体全体が見事に引き締まっている。プロのダンサーや陸上選手にも引けを取らない身体つきだった。

バンドマスターが、チラリとこちらを向いた。祐未が軽く頷く。

「じゃあ、しっかりとな」

修造は客席に向かった。

ミラーボールが回転し、客席全体がきらきら星屑に包まれてる。祐未がステージの中央に進んでいた。

バンドはまず黒沢明《くろさわあきら》とロスプリモスの『ラブユー東京』を奏で始めた。爆発的に売れている曲だ。

リズムに合わせた足取りでステージ中央に進んだ祐未は背の高い丸椅子に座った。

愛子がよくオープンショウに使う丸椅子だった。あの椅子に座って大開脚すると、二階バルコニーの客でも、遠いながらもピンクのまん処を覗けるというわけだ。

祐未はダンスが出来るわけではないから、すぐに座って脚を広げるつもりらしい。それでは愛嬌がなさすぎるのだが。

オーナーマダムの祐未がステージに出たので、客は驚いている。

「おぉっ祐未マダムの乳首が見たいっ」

客席からヤジが飛んだ。

祐未は真っ赤に顔を染め、天を仰ぐようにしてブラジャーを取った。

だめだぜ、祐未さん、それじゃあ色気がない。踊り子は客の顔をしっかり見つめて脱ぐもんだぜ。

修造は胸底で呻いた。

観客というのは自分のために脱いでくれていると思っている。ところがいまの祐未の脱ぎ方はひとりで脱衣所で脱いでいるような素気なさだ。

ここは裏風俗の覗き部屋ではない。

グランドキャバレーにふさわしい華やかさが必要だった。

乳房は豊満で乳首はサクランボ色と形状は文句なしの美形なのだが、乳首が勃起していない。

客が喜ぶのは、愛子のように腫れあがった乳首だ。

愛子の場合は踊りながら次第に気分を盛り上げていき、いやらしい気持ちになったところでブラをはずすので、そのときにはすでに乳首は猛《いき》り勃《た》っている。

進駐軍が流行らせたポップコーンのようなのだ。そのうえ乳暈までぶつぶつと粟立っているので、発情している様子が手に取るようにわかる。

客はその発情している様子に興奮するのだ。

客席からため息が漏れた。

容姿は愛子よりはるかに良いのに、艶がない。

いや、媚《こ》びもないのだ。

色町の女に一番大切なのは媚態《びたい》の技巧である。

その勘が祐末には感じられなかった。

キャバレーを経営し、幾十人もの女たちを操っているはずの祐末がそれを知らないはずがないのだが、接客自体をしているわけではないからわからないのか。

修造は訝しげに思った。

祐末が両手の指を腰ひもに掛けた。

早いっ。

客はまだ淫気に温められてはいない。

それなのに祐未は早くこの仕事を終わらせたいとばかりに、パンツをするすると引き降ろし、足首から抜いてしまった。

そのまま椅子の上でパッと脚を開く。

綺麗に刈り上げられた茂みとまんじゅうの丘が、やにわにライトに照らされた。

祐未は顔をそむけていた。唇を噛みしめているようだった。

それではいやいやさせられている素人ストリッパーだ。

展開の早さに、客たちはどよめいている。

祐未が張り形を股間に当てた。まだ乾いているような肉扉をそのまま突こうとしている。

早い、早いっ。

胸底でそう叫んでいたが、客席から声をあげるわけにもいかなかった。

「んんんっ」

祐未が顔を顰《しか》めている。

挿れたのか？

修造がそう思って祐未の股間に視線を集中させたその時だった。突然ボックス席の後方から声が上がった。

「警察だ。そのまま誰も動くんじゃない。公然猥褻罪。逮捕っ」

どこかで聞いたセリフだった。

六年前、青森で恋女房となった芸者の奈緒子と逃げたときと同じセリフだ。博多でも聞くとは思いもしなかった。

修造は駆け出した。

警察手帳を見せながらゆっくりとボックス席の間を縫ってステージに歩み寄ろうとしている警察よりも早くステージに回ることができた。

真っ裸のままの祐未の手を引き、舞台裏の階段を目指す。

「あっ、服を」

舞台袖で黒のドレスを引こうとした祐未の尻を叩いて、そのまま階段に押し上げた。

代わりに白いシーツを一枚抱えて、後に続く。階段を先に上がる祐未の膝《ひざ》が上がるたびに股の亀裂が見えた。想像とは真逆の短い亀裂だった。

濡れた紅い舌が、べろべろと蠢いているように見えた。女のまん処は本当に千差万別だ。どれほど見ても見飽きない。

特に初めて見るまん処はたまらない。

「あの窓から、屋根伝いに逃げよう」

踊り子たちの衣装が散らかる屋根裏部屋の窓を修造は肘で叩き割った。

シーツを被せて祐未を押し出す。

ステージから刑事たちが喚く声が聞こえてきた。

その声をかき消すように、バンドはいきなりグレン・ミラーの定番『ムーンライトセレナーデ』を演奏しはじめた。セレナーデとは粋な計らいだ。

やってくれるじゃねぇか、バンマスよぉ。

中州の町を屋根伝いに修造と祐未は逃げた。道路から刑事たちの博多弁に混じって津軽弁が聞こえた。

「ふんづがまえで、船で八戸《はちのへ》さ運ぶべ」

青竜興業に密告《たれ》こまれたのだ。

こいつはやばい。

満天の空の下、修造はひたすら祐未の手を引いて走った。観光客に人気の鰯《いわし》料理屋の屋根の辺りで祐未が悲鳴を上げた。

「あっ」

纏っていたはずのシーツが風に舞い修造の頭上を飛んでいく。

振り向くと藍色の空を背に、祐未の真っ白な裸がくっきりと縁どられていた。

目も眩む鮮やかさだ。

「かまわねぇ。星しか見ちゃいねぇよ」

そのまま、手を引き、ひた走った。

中州の鮮やかなネオンサインを見おろしながら裸の女を連れて走るのは、悪い気分ではなかった。

いつのまにか川沿いのアパートの屋根に飛び移っていた。

木造二階建ての見るからに安普請《やすぶしん》のアパートだった。

修造は屋根から足を伸ばし踵《かかと》でガラス窓を叩いた。

住人らしき男が、窓を開けてくれた。

「すまねえ」

草履を履《は》いたまま滑り込んだ。続いて祐末も真っ裸のまま入る。

長髪に髭《ひげ》を生やした大学生風の男は、腰を抜かして敷きっぱなしの布団の上に尻もちをついていた。

「悪いな。兄さん、少し匿ってもらうよ」

「そげんこと言われても」

「四の五の言うないっ」

凄んでみせると大学生は布団の上で胡坐《あぐら》をかいたまま押し黙った。

四畳半の部屋にはやたらとポスターが貼ってある。

キックボクシングのボクサーが脚を蹴り上げている姿は誰だかわかった。沢村忠《さわむらただし》だ。

しかし『山谷ブルース』とレコードのタイトルが書かれた歌手のポスターは、誰だかわからなかった。

アングラとかフォークとかが流行っているというが修造には無縁であった。修造はそれらのポスターをすべてはがした。

大学生の机の上には学生運動に関係するらしい書物が並んでいた。これも修造にはちんぷんかんぷんだった。その本も押し入れに投げ込んだ。

パトカーのサイレンの音がアパートの近くまで迫ってきた。曇りガラスの向こうには、いくつもの赤色灯が回転している様子が映っている。

最低十台は来ている。いまにこの辺りの民家は、すべて捜索されるだろう。

「布団借りるぜ」

修造は勝手に裸電球を消して、祐未を抱きかかえたまま毛布を被った。大学生はどうしたらよいのかわからずに隅に寄った。

「あんたは押入れの中に隠れるんだ。一応逃げないために服を全部脱いでくれ」

「はぁ？」

「俺も脱ぐんだ。あんたひとりが着てたんじゃ、狡《ずる》いだろう」

「他人の家に勝手に押し入って来て、狡いとかいわれても」

「うるせぇんだよ。やんのかぁ」

修造は凄んだ。気圧《けお》されたのか大学生は黒のTシャツとジーンズを脱いだ。白いブリーフ一枚になった。

「パンツも脱げよ」

強引に命じると大学生は、蒼ざめながらも全裸になった。逸物は両手で隠している。

「そのまま押入れの中に隠れてろ。出てくんじゃねぇぞ」

「はい」

大学生は長髪の頭を掻きながら、全裸のまま押し入れに入って行った。

4

暗闇の中で、修造は祐未を抱き寄せた。お互い身体は冷えていた。

窓の外では刑事たちが怒号を上げている。屋根伝いにこの辺りまで逃げてきたことを嗅ぎつけたのは間違いない。

捜査主任らしき刑事が
『一軒一軒、虱潰《しらみつぶ》しに当たれ。マルタイはここらに必ずおるたいっ』

と叫んでいる。

追っ手が青竜興行ではないことが、せめてもの救いだ。奴らに捕らえられる方が悲惨だ。手酷い拷問を受け、津軽海峡に沈められることになる。

むしろ福岡県警がこれだけ大勢で捜索していたら、青竜興業の追っ手もおいそれと手が出せない。

「踏み込まれた時には、挿入していたほうがいい」

修造は真顔で伝えた。

「えっ？」

「寝ているだけなら怪しまれる。だが男と女が挿入の真っ最中だったら、刑事《デカ》も怯む」

「そんな」

暗闇の中で祐未の顔が青いネオンに映し出された。切羽詰まった顔だった。

「そんなものだ。刑事だって男と女が汗みどろで腰を打ち合っていたら驚く」

パトカーから刑事たちが降りてくる音がする。まずは懐中電灯を手に路地という路地を探索しているに違いない。

このアパートに踏み込んでくるのも時間の問題だ。

恐怖に震えている祐未を抱きしめ、そっと淫核を撫でてやった。祐未がビクンと身体を震わせた。

「あっ、修さん、どこを触っとですか」

祐未が煎餅《せんべい》布団の上で後退《あとじさ》った。

「濡らさんと、いけないだろ」

「本当にここで嵌めるとですか。本気で嵌めっとですか」

祐未は大きく目を見開き、頬をヒクつかせた。

「この場面で冗談をいうかよ。まじだ。がっつんがっつんやっていりゃぁ、刑事もすぐに扉を閉める」

修造はかまわず祐未の身体を抱きよせた。

「えっ、えっ、そんな」

狼狽《うろた》える祐未をしり目に、乳房を下から上へと撫で、サクランボのような形をした乳首を左右交互に吸い立てた。

「修さん、いかん、いかんて。ぁあぁ、そんなちゅうちゅうしたらいかんとよ」

祐未はその気性に似合わず、か細い声を上げていた。眉を寄せ、鼻梁《びりょう》には汗まで浮かばせている。

修造はその顔をしっかりと見つめながら、肉棹を女の泥濘《ぬかるみ》にあてがった。ぬるり、ぬるりと亀頭と裂け目を馴染ませるように、肉庭の上を何度か行き来させる。

「あっ、嵌めるのは、いかんですばい。それはいかんです」

祐未が腰を引き、必死で男根から逃れようとする。

「天海の祐未ともあろう人が、往生際が悪いのう。ここは不倫の男女に偽装して、扉を開けた刑事を唖然《あぜん》とさせるのが一番だろうが」

修造は右手で棹を握り直し、今度はしっかりと秘穴に亀頭をあわせた。

「あぁああ、いやっ、いやっ、いややややや」

祐未の肉穴の入り口は異様に硬かった。

まるで尻の蕾《つぼみ》かのように開きが悪い。そういえば先ほども祐未は淫棹を挿し込んではいなかった。

よもや――。

そう思った瞬間、アパートの外階段から何人もの警察官が駆け上がってくる音がした。躊躇《ためら》っている場合ではない。

「突っ込むぞ」

言うなり腰を強く振った。

亀頭の尖端がぐぐっと秘穴をこじ開けた。圧迫が強い。

「むりっ、むり、むり。うちのぼぼ、裂けるけん。もうむりっと」

祐未が海老《えび》反った。

亀頭が肉路の半ばまで入ったところで猛烈に締め付けられてくる。千切られそうだ。

「おうっ、ずいぶんきついな」

修造はひと息ついた。肉棹はずいぶんと中途半端な位置で止まったままとなった。

「はじめてやけん。うち、まん処を抜かれるの、はじめてやけん」

祐未が涙目になっていた。

唇を紫になるほど噛みしめている。

やはりそうであったか——。

「すまんな。こんな形で貫通させられるとは、祐未さんも運が悪い。けれどここで止めるわけにはいかんのだ。悪い夢でも見たと思ってくれ」

修造はかまわず腰を送った。

「あぁあああああああああああああ。ぼぼが裂けるっ、あぁあああ」

祐未が絶叫した。

「ぼぼが、あぁ、ぼぼが、うちおかしくなるたいっ」

階段を上る足音が止まった。

ぼぼ、ぼぼと叫ぶ声に警察も動揺したか？

もっと声をあげさせたいところだ。修造は腰を使った。ぐいぐい出し入れしたい。

「むむむっ」

きつい。本当に狭い肉路だ。めりめりと肉が裂けるのを感じた。

「はぁーん」

祐未が大きく息を吸い込んだ。その拍子に合わせて、棹の全長を挿し込んだ。

「貫通した」

子宮まで亀頭が届き、肉路いっぱいに棹が押し込まれると、じゅわっと蜜が押し上げてきた。

「うわぁーん」

祐未が叫び背筋をピンと張った。肉路が若干、軟らかくなり棹を滑らせやすくなった。

「動かすぞ」

そのままゆっくりと律動させた。

ゆっくりでも祐未は敏感に反応している。

はじめて擦れ合う粘膜と粘膜が互いに強い刺激を分かち合っているようだ。修造のほうも、久方ぶりに初々しい膣壁の感触に心が躍った。

ずいっ、ずいっと太棹を出し入れする。肉層が広がり、膣壁がやわらかくなるほどに、祐未の顔も蕩けだした。

「あぁ、よかっ。これは、よかもんたい」

苦悶の声だったはずの祐未の声が、にわかに艶めき出した。

「あーん。よかっ」

いよいよ男根の動きが滑らかになりだした。

未通子《おぼこ》だった秘穴が味を覚えたのか、くにゃくにゃと波を打ち、男肉を包んでくるようだった。肉を繋げている部分を見やると、溢れている蜜は練乳のようだった。祐未は初回からがっつり感じてくれたようだ。

本当に女は恐ろしい。

アパートの扉が激しく叩かれた。

修造は構わず尻を振り立てた。

扉に真っ裸の背中と尻を見せるようにした。祐未の腰をしっかり抱き、接合も深める。

「あぁぁ。扉を開けられる……それはいややけん。あぁぁ」

刑事が扉を足で蹴り始めていた。ガンガンと叩いている。簡単な仕組みの鍵がパチンと戻る音がし、あっさり扉が開いた。

いきなり懐中電灯に尻を照らされた。

ちょうど修造の尻が跳ね上がり、まんちょから半分ほど抜き出た棹に光が当たる。修造はすぐに全長を挿し込んだ。

「なにしとるっ」

刑事は女の孔に、肉茎が秘穴にぴっちり嵌まっているシーンを目撃したようだ。たぶん秘穴から白い粘液がダラダラと流れている。刑事からは修造の伸びた睾丸や尻の穴も見えているだろう。

屁《へ》でもこいてやろうかと思った。

「あんたら、なんば見よっと。男とおなごが嵌めとる時に、そげん無遠慮に見よっとか」

先に祐未が叫んだ。

「あっ、いや、すまん」

刑事は扉を閉めようとした。

「刑事さん、おれたち押入れにいる過激派に脅されているんだ。そいつを捕まえてくれ」

修造は汗みずくのまま振り返りもせず、そう叫んだ。

「えっ」

これには祐未も唖然としていた。

「なんだと！」

刑事が踏み込んできて押入れを開けた。裸の大学生は逸物を扱いていて、切羽詰まっているところだった。修造と祐未の肉交に誘発されていたようだ。

「あっ、出るっ」

「わっ、飛ばすんじゃねぇ」

刑事が飛び退いた。

「そいつ、企業爆破とかを企んでいるそうだ」

祐未に抽送しながら、修造は根も葉もないことを口走った。

「なんだとっ」

「嘘じゃねぇ。あちこちに火薬を隠しているそうだ」

「おーい。もっとでかい星があったぞ」

刑事たちが、どやどやと狭い部屋に集まってきて大学生を引っ立てていった。

その間に、修造は祐未の膣の中に盛大に飛沫《しぶき》を上げていた。どさくさに紛れて男の衣服を着ていた。

「修さん、どこへ」

祐未が呆然《ぼうぜん》としていた。

「達者でな。あんたは立派な経営者になれる」

そういいながら窓からひとりで、飛び下りる。赤色灯を回すパトカーの間を、堂々とすり抜け、闇の濃い方へとむかって駆け出した。

また世話になっている組の親分の娘に手を付けた。これで北と南の双方の親分を敵に回してしまったと、修造はほぞを噛んだ。

まぁ祐未のほうは口が裂けても今夜のことは言わないだろう。

さて次はどこに逃げればよいのだろう。

とりあえず夜汽車に飛び乗るか？

昭和四十二年の夏の終わり。大学紛争やらアングラフォークが流行りだし、つくづくややこしい世の中になってきたと修造は思いながら、博多駅へと向かった。

第四章　浪花色しぐれ

1

あれよあれよという間に、昭和四十四年の春が来た。

青森での事件から七年の歳月が流れたことになる。

――あと少しの辛抱だ。

事実上の夫である長岡修造の殺人未遂事件もいよいよ時効が近づいているのだ。同時にもうひとつの追っ手である青竜興業の事情も徐々に変わりつつあるようだ。

早く平穏な暮らしに戻りたい。

そんなふうに思いながら中川奈緒子は、道頓堀《どうとんぼり》の人ごみの中を歩いていた。手に紫紺の風呂敷に包んだ三味線を握っている。

もともと修行していた津軽三味線ではない。中棹《ちゅうざお》の三味線である。関西のお座敷では津軽三味線は音色が重すぎて受けない。軽やかな『ちんとんしゃん』がよいのだ。

行先は宗右衛門町《そうえもんちょう》の『小林《こばやし》』だ。黒板塀に逆さクラゲの温泉マークのネオン看板を取り付けた連れ込み宿である。

飴色の引き戸を開けると、花籬《はなまがき》の向こうから抹香《まっこう》の匂いが漂ってきた。男女の営みから発する生臭さを紛らわすために一日中、香を焚いているのだ。

格子戸をガラガラと開けると沓脱場《くつぬぎば》に、赤い鼻緒《はなお》の黒下駄が見えた。

相方の美佐《みさ》はすでに来ている。

上《あ》がり框《かまち》の向こうに声をかけた。

「道頓堀の『ナンバ一番』の前には、今日もぎょうさんの女の子が並んではったわ」

いまだに、下手な大阪弁ではある。

「せやかて、『ファニーズ』が出ていた頃とは、比べものにならへんやろ」

案の定、衝立《ついたて》の向こうから美佐の声が返ってきた。

「確かにそこまではおらんへんかった。せいぜい百人や」

草履《ぞうり》を脱ぎながら答えた。

「せやろ。ファニーズの頃はいつも五百人ぐらいおったやん。松竹座やカニ道楽のおっちゃんらが、商売にならんと、怒ってはったわ」

美佐が、感慨深げに返してきた。

ナンバ一番とは戎橋《えびすばし》の袂《たもと》にあるジャズ喫茶のことだ。三年前までは、そこに京都出身の五人組バンド、ファニーズがよく出演していたのだ。

奈緒子が、大阪に流れ着いた頃のことだ。

店の前で、ファンにもみくちゃにされているリードボーカルの男の子を何度か目撃したことがある。

長髪で、日本人離れしたマスクの持ち主だった。その甘いマスクのボーカルをメインにしたファニーズは、翌年、東京の大手プロダクションにスカウトされて大阪を後にした。

バンド名を大阪のプロ野球チームと同じにしてレコードデビューすると、瞬く間にスターになった。いまや『ザ・タイガース』をテレビで見ない日はないと言われるほど、グループサウンズの代表的存在になった。

ファニーズを生んだナンバ一番までもが全国的にその名を轟かせるようになり、浪速っ子にとっては自慢なのだ。

「東京の『ACB《アシベ》』なんかより大阪のナンバ一番のほうがレベルが高いバンドが揃っているっ

ちゅうこっちゃ」

美佐などはそう言って憚《はばか》らない。

ところが、このナンバ一番。

奈緒子には苦い思い出がある。

青森から新潟、東京を経て、大阪に流れ着いた直後、難波《なんば》駅近くの電信柱に貼ってあったナンバ一番の求人募集を見ててっきり中華料理店だと思ったからだ。

働かせてもらえないかと思い、地図を頼りにようやく辿《たど》りついた六階建ての洒落《しゃれ》たビルを見て、思わず口を押さえ、息を呑んだものだ。

生まれ育った青森にはジャズ喫茶などというものはないのだから想像のしようもなかったのだ。奈緒子にとって『一番』と言えば中華だ。

流れ者の悲哀を真底味わった。

ナンバ一番だけではない。

『千日《せんにち》デパート』にも驚いた。

青森や新潟にもキャバレーが入ったデパートなどなかった。東京でも聞いたことがない。ここの七階には堂々とキャバレー『プレイタウン』が存在する。ランドセルを背負った子供を連れた親子とパンツが見えそうなスリットが入ったチャイナドレスを着たホステスが一緒のエレベーターで行き来しているのだ。

さすが、大阪や。

「奈緒子ちゃん、最近は演奏中に失神するバンドがあるの知ってはるか？」

並んで薄暗い廊下を進みながら、美佐が小声で言った。

廊下の右側に並ぶ襖《ふすま》の向こうからは、女の喘ぎ声が漏れ聞こえている。

こんな黄昏どきにと思うのだが、主人の芦田《あしだ》浩輔《こうすけ》に言わせれば、今時分が一番、盛況なのだそうだ。

「その話ならうちも知っとるよ。ボーカルの人が歌いながら客席に倒れるんやろ」

奈緒子もその噂は知っている。

「そうらしいわ。歌っているうちに、深く入り込み過ぎて気絶してしまうんやって」

美佐が奥襟を伸ばしながら言う。首筋からは、噎《む》せ返るような色香がたちのぼっていた。

奈緒子には、歌い手の気持ちがわからなくもなかった。

三味線でもそういうことはある。奈緒子の場合には別に理由があったのだが。

「けど失神して舞台から落ちたら怪我しますなぁ」

奈緒子は上の空で答えた。

あまり失神話にはかかわりたくなかった。

「あほくさ。そんなん、舞台演出に決まっとるやろ。毎回、毎回、同じ曲の同じ山場で失神するなんてありえへん。真実やないな。担架を持って出てきはる白衣を着た人はマネージャーさんゆう噂や」

美佐が訳知り顔で言う。

「そうなん？」

あえて聞き直した。

「そうに決まってるやん。あんた何年流しの三味線弾きしとんねん。失神なんてうちでもやれるわ。転び芸者のお家芸やねん」

美佐が、艶のある声で言う。

それ以上、突っ込まないことにした。口は災いのもとだ。どこで、本音をポロリと溢すとも限らない。気を引き締めた。

布団部屋に着いた。奈緒子と美佐にとっては楽屋である。

春も盛りだというのに、この部屋はいつものようにひんやりとしていた。

「ほな、調子を合わせておこか」

部屋の中央に端座《たんざ》した美佐が、三味線を取り出した。奈緒子もその前に膝を折る。お互い中棹の三味線を持参していた。

中棹は端唄《はうた》、小唄《こうた》向きの三味である。太棹は浪花節の伴奏向きだ。琵琶《びわ》のように掻き鳴らし浪曲師の唸り声を盛り上げるのはよいが、お座敷では野暮に聞こえる。同じ太棹の津軽三味線も座敷や料亭では野暮ったくなる。

北の大地の風雪を思わせる津軽三味線のじょんがら節やよされ節ではたちまちその場が民謡酒場になってしまうだろう。

花街では色っぽい端唄や小唄がいい。

いつものように端唄『さのさ』で調子を合わせた。

美佐が「あ〜」と一回声を出し、ちん、とん、しゃんと三、二、一の糸を順に鳴らし、いきなり唄いだした。

〽明石《あかし》ちょいと出りゃね
明石ちょいと出りゃ舞妓の濵《はま》さ〜

相変わらず声に艶がある。

唄とタテ三味線は美佐の受け持ちだ。それに奈緒子が替手《かえて》を入れる。

替手とは三味線で入れる合いの手である。

旋律を弾く美佐を即興で煽ってやる。

〽はぁ〜ん

と唸《うな》りも入れてやる。

客から見て目立つのはタテ三味線だが、連弾きの良し悪しは替手の腕前で決まるといわれている。即興の妙味だ。

いまも奈緒子は目を瞑り棹に乗せた指を自在に弾ませ、美佐の『さのさ』を煽り立てていく。

いつものように美佐の身体をまさぐるような気持ちで弾いた。

美佐の唇に舌を絡め、次に乳首を舐めるように奏でる。とどめは女の秘唇を嬲《なぶ》るように弦を搔きまわす。

押されて美佐の声に色っぽさが増した。

——それそれ、もっとおめこに響け。

奈緒子は三の糸を駆使した。

すると美佐が、三味線の胴を載せた太腿をぎゅうぎゅうと寄せ始めた。

寄せ自慰《まん》だ。

もっともっとスケベな気分にさせてやりたい。

〽向こうに見えるは淡路島
通う千鳥にね　文《ふみ》ことづけ
もしも知れたら　須磨《すま》の海

美佐の声が掠《かす》れ、次第に上半身も揺すり始めてきた。

花街の芸では、声は多少掠れるぐらいがちょうどいい。客に閨《ねや》での声を妄想させてやるのだ。

奈緒子は常に二番奏者として、タテ奏者である美佐の艶を際立たせることに徹している。続いて二の糸を上げ下げしてやる。ところどころに、くすぐるような旋律を混ぜてやる。

「あふっ」

美佐が棹の裏を巧妙に胸の膨らみに当てた。乳首が腫れて擦らないではいられないようだ。

奈緒子はさらに淫気を回してやろうと早弾きを入れてやる。撥を持つ手首を小刻みに揺らした。舌先で、乳首をレロレロと舐めるような要領だ。

「あんっ」

美佐の額に、うっすら汗が浮かんだ。乳首がわなないているに違いない。おめこも疼きまくってくるころだ。

正座をしたまま、内腿を擦り合わせているのがありありとわかった。ねちゃっ、ぬちゃっ、と肉襞が寄り合う淫らな音がする。

もっとや。

おめこに一番効く三の糸の上で、指を急降下させてやる。太くてなおかつ甲高い音が出た。

「んんんんんっ」

美佐が背筋を張った。一瞬『さのさ』の主旋律が止まる。

美佐はそのまま手を止め、左右の太腿を、片方ずつ上下させた。揉み合わせだ。おめこをこじらせ、肉芽に刺激を与えてるようだ。

ぷちゅっ、と鳴った。大陰唇を狭められ、マメがパンクしたようや。美佐の顔が真っ赤に膨れている。

美佐は誤魔化そうと、すぐに三味をかき鳴らし始めた。

（いま一回、昇天した癖に）

奈緒子は、胸の内でそう呟き、さらに追い立てるように、三の糸を急上昇させ、太く重い音を出してやる。女の秘穴にビンビンと響かせる。

「あっ、はふっ、ふひょっ」

たまらず美佐は、三味線を抱えたまま尻を十センチほど浮かせた。女の自慰は奥が深い。

「ぬはっ」

美佐は唸り、白足袋に包まれた爪先を畳の上で反らせた。踵《かかと》が天井を向く。そこに股の平面を叩きつけた。

くはっ、と唸り声をあげている。

そのまま全体重をかけているのだ。ぐちゅっ、と鳴る。

踵まんだ。このどスケベ女め！

そのまま、踵の上におめこを載せて、わさわさと尻を動かしだす。

奈緒子は、ベンベンベンと一の糸を掻き鳴らしてやった。琵琶のような太く唸る音だ。

「あっ」

美佐が腰を大きく跳ね上げた。

「あかんっ。稽古なのに、うち昇ってまう」

さすがに美佐も自己申告した。目が見開かれている。

静寂の部屋に、美佐の荒い息遣いだけが響いた。

奈緒子は撥を止めた。もらい欲情をしてしまいそうだ。股を引き締めた。自分も、くちゅと鳴る。

「美佐ちゃん、ほんまに昇かはったん？」

「あの奈緒子ちゃんの替手、めっちゃいやらしかったわ。ほら、見て。うち、こんなんなってもうた」

美佐が三味線を畳に放り投げ、いきなり着物の裾をまくった。ストリッパーのオープンショウのような格好だ。

汗とオメコ臭があがる。

どちらも生臭い。

「そんなん、見せなくてもよろし。うちは女の平べったいところなんて見とうない」

奈緒子は、眉間に皺を寄せたが、美佐は、さらに薄茶色の襞を二本の指で広げた。

「そんなこと言わんと。たっぷり見てぇな。奈緒子ちゃんに、うちの若々しいおめこをちゃんと覚えておいて欲しいんや」

逆Vの字に割り広げられた美佐の紅い具肉は膠を塗ったように光っていた。

「何言うてんねん。あほくさ。美佐ちゃん、三味線弾きやめて『十三《じゅうそう》ミュージック』の舞台《いた》にでもあげてもらったらよろし」

奈緒子は、凛《りん》とした表情を見せ、自分の三味線を紫の風呂敷で包み始めた。

「それもいいなぁっ」

美佐が肉芽の皮を剥きながら言った。顔は天井を向いている。

「うちらは、それやらん約束やろ」

色街や淫場に呼ばれることもあるが、自分らはあくまでも三味を弾くだけだ。裾をまくったり寝転んだりはしない。

今夜もここで、男女交合ショウの伴奏をするのだが、自分らの役目はムードメーカーでしかない。

男が女を抱いていく様子に合わせて、盛り上げる役だ。いやらしい歌詞に変えた端唄や、交じり合う男女を勢いづかせる曲を演《や》る。

例えば、抜き差しの佳境に入ったところで、

〽金毘羅ふねふね
追い風《て》に帆をかけ
しゅらしゅしゅしゅ

とやれば、男の腰も速くなる。

裏の芸である。

美佐には嘘をついたことになる。

自分こそ股を開いて演奏していたのである。おめこ見せだけではなく『自慰弾き』までしていた。

おかげで追われる身になったわけだ。

2

長岡修造は、奈緒子がこの世でたったひとり好いた男である。

色三味線の師匠でもある。

その修造が二週間前に電話をかけてきた。

奈緒子と修造を追う青竜興業の総長寺森彰の容態が悪化し始めたらしいという報《しら》せだ。

もしそれが事実ならば、この逃亡劇もいよいよ終わりが近づいているということだ。

津軽の大物興行師である寺森は、身寄りもなく、ひとり門付《かどづ》けで凌《しの》いでいた奈緒子を身受けし座敷芸を仕込んだ男だ。

だが三年を経ると、淫靡な芸をする見世物芸人に転向するように命じられた。しょせんヤクザはヤクザである。奈緒子に断る術などあるはずがなかった。

その見世物淫芸の指南役に津軽まで呼ばれたのが、浅草の淫具屋『浅深屋』の十六代目にあたる長岡修造だった。

そもそもは女を悦ばす淫棒造りの名人とされていた男だ。

依頼を受けた修造に連れられ浅草で半年間暮らした。体中を調べられ、寸法にあった淫三味線を拵えてもらうためだった。

ところが真っ裸にされ、身体中を指や手のひらで点検されているうちに、奈緒子はこの男から離れられなくなってしまった。

それはこの間、長岡が交わりを求めてこなかったからだ。股の秘穴は開かれずとも、心を開かされたのだ。

寺森への心境とは真逆であった。

修造は、奈緒子のために胴体部の底に淫棒のついた太棹三味線を拵えた。

糸を張った棹と一体化した淫棒だ。棒は胴体部の中を通っているのである。ちんと弾けば、割れ目にどんと響く仕組みである。

これを股に挟んで弾くのだから、喘ぎに喘ぎまくる。三本の糸の響きが絶妙な振動を伝え、女の肉芽をビンビンと嬲るからだ。

おのずと身体は疼き、音色にも艶が出るというものだ。

この三味で、何度も即興を弾かされた。女は現金だ。肉芽に響く旋律ばかりを叩く。濡れて、濡れて、しまいには股を開きたくなってしまう寸法だ。

十八番《おはこ》の『津軽じょんがら節』の中盤の即興を最大の見せ場とする。

この即興弾きの際に、股の割れ目に食い込んだ淫棒が激しく震え、股を広げざるを得なくなるのだ。まさに見世物用三味線だ。

奈緒子は『津艶流』を名乗り『津軽じょんがら節』は心の中で『津軽まんじゅう節』と改題した。大阪でいうおめこのことを青森ではまんじゅうと呼ぶからだ。

そしてあの栄町神社の境内での初披露目の夜が来たのだ。

興に乗って股を開いた奈緒子だったが、なんと警官に踏み込まれてしまった。

修造が懐から取り出した拳銃で、境内の提灯や、屋台の電球をすべて撃ち払い、奈緒子の手を取り、神社の傍らを流れる堤川に飛び込んでくれたおかげで、あやうく難を逃れた。

川に流されながら『寺森に返したくなくなった』と耳元で囁《ささや》かれ、奈緒子は生涯この男についていこうと決めた。

そこからふたりの逃亡劇が始まった。

山形、新潟までは修造と一緒だったが、いったん東京に入った後は別々に逃げることにした。

修造は博多から山陰、北陸を点々とし、いまは北海道にいるらしい。青森の近くはむしろ灯台下暗しとなっているのかも知れない。

奈緒子は大阪に流れ着いた。

青森生まれの奈緒子にとって、関東のさらに向こう側にある大阪は異国のようであった。見よう見まねで大阪弁を覚えた。

とはいえ、奈緒子の大阪弁は、京都弁、広島弁がごちゃごちゃになっている。この町にはそれらの言葉を操る人々が混然と暮らしているからだ。よそ者には、どれが本物の大阪弁なのか判然としない。

寺森のふたりの身柄を押さえることへの執念は並々ならぬものがあるはずだ。

捕まれば、修造は殺され、奈緒子もブルーフィルムや生本番ショウの役者にさせられることだろう。それも相当にグロテスクなショウだ。それがヤクザの仕置きだ。

情婦を淫具屋ごときに奪われた寺森彬の執念だ。

その寺森が、病に伏したという。相当重い病気らしい。

寺森が逝《い》けば、青森はもとより東北の極道勢力図は大きく変わる。修造としても、仲介を立てるチャンスらしい。

もう少しの辛抱だ。

奈緒子の三味が中棹になり演目が端唄や小唄になっても、いまだに聴く者を欲情させるのは、それはやはりひとえに長岡修造のおかげだと思っている。

「奈緒子ちゃんが太棹で義太夫《ぎだゆう》を弾いたら、迫力あるやろな」

布団を背にしたままの美佐が、自分で肉芽を弄っていた。

M字に開いた脚のつけ根に人差し指を割り込ませ、ゆっくり動かしている。ぴちゃぴちゃと卑猥な音を上げている。

湿った部屋が、よけいジメジメとなりそうだ。

「義太夫は、よう弾けん」

太棹を持っただけで、いまだに発情してしまいそうで、怖いのだ。

3

いきなり襖が開いた。

小林旅館の主人《あるじ》、芦田《あしだ》浩輔《こうすけ》だった。

齢《よわい》五十五。様子がいい。大まかにいえば裏道筋に属する商売をしていながら、陽気な性格で、品もよい。

渋い鼠色の着物に兵児帯。なかなかの洒落者である。

商売上手との評判も高い。

座して客を待つのではなく、なにかと催事を仕掛ける男だ。全国の好事家の間にもその名は知れている。

春画、裏写真の収集家でときにこの旅館で展示会などもやる。

色の道の求道者として、淫具屋の修造と通じるものがあった。

「ちょっと、相談があるんやがな」

芦田は、揉み手をしながら入ってきた。

真向かいの美佐は慌てて膝を閉じ、着物の裾を戻したが、濡れ光った人差し指だけは、どうにもごまかしようがなかった。

部屋におめこ臭がゆらゆらと舞った。目には見えない桃色の臭気だ。

「あのな、失神バンドゆうのんが流行っとるやろ」

芦田が片眉を上げて言った。

またもや失神バンドの話になった。

「グループサウンズのことでっしゃろか」

美佐が尋ねた。

奈緒子は黙って聞く立場を取った。

交渉事は常に美佐がする決まりになっている。

大阪に流れついた矢先、背に腹は代えられず、縄張り荒らしを承知で宗右衛門町の路上で流しを始めた奈緒子に、正面から殴りかかってきたのが美佐だった。

そして土下座して詫びる奈緒子を、伴奏者に引き立ててくれたのも美佐だったのだ。

芸の上では対等に口をきくが、ミナミで仕事をする上では一段も二段も美佐が上である。

仕事の段取りは常に美佐が付ける。

しかし、いまはそれ以上に、失神云々《うんぬん》には口を噤《つぐ》みたかった。どこで襤褸《ぼろ》が出るかわからない。

なにせ自分は、おめこを広げて三味を掻き鳴らした経験のある女である。

「せや、せや。それや、長髪の男の子たちのバンドや」

「旦はん、それがどないしはりました？」

美佐は、尖った声をあげた。

自慰を中断させられたので、苛立《いらだ》っているのではないか？

「あれをな、美佐ちゃんが、やったらええと思うんや」

「うちが？」

美佐が、口を半開きにした。

さきほど見せられたアソコみたいに唇が、てらてらと光っている。

「そうや。美佐ちゃんが佳境にきたらバンと倒れるんや。前にやないで、後ろにそっくり返るんや」

芦田が、唇を舐めながら言っている。

そんなことしたら、美佐の膝の間が丸見えになる。

芦田がさらに説明を加えた。

「けどな、こんなん、いまどき流行ったのとちゃうねん。昔から伊勢路《いせじ》の街道筋には、裾の短い着物姿で片膝立てて弾き、興に入る三味線師はなんぼでもおった。それにな、何年か前やったか、東北の奥のほうで、三味の胴箱の下につけた棒でワレメを擦りながら弾く奏者がおったそうや」

ドキリとした。

奈緒子はにわかに狼狽した。表に出さないように、膝の上で拳《こぶし》を握って必死にこらえた。

芦田の旦さんが続けた。

「津艶流ゆうらしい。いまは、それを真似た芸者が、仙台あたりにぎょうさん出ているそうや。ここいらでも、じきに誰かやると思うわ。それやったら美佐ちゃんが先にやってしもうたらええと思うんやが、ちゃうか?」

奈緒子の胸中に漣《さざなみ》がいくつも立った。

「おめこ広げて弾いたら、なんぼくれるんどす？」

美佐が前のめりになった。これまでは色は売らずに来たはずだ。

「一万円出しまひょ。なーに、五分ほど失神したふりするだけのことや。その間は、奈緒子ちゃんが弾いていたらよろし。わし、これ絶対に当たると思うんや」

芦田は膝を叩いた。

「いまはふたりで五千円やけど、それに一万円足してくれるということでんな？」

美佐が念を押した。

「そうや。これは失神代やから、一応美佐ちゃんの取り分になる」

芦田は、そう言い奈緒子の顔も見た。

鋭い目つきだ。

「うちは、やらん。いままでどおり、伴奏だけで二千五百円でええ」

奈緒子はかぶりを振った。

津艶流の唯一の使い手が自分であることを知るのは修造と津軽の青竜興業の者だけのはずである。

このとき、奈緒子の背中に冷たい汗が流れた。芦田は、どこかでその話を聞いたのではないか。青竜興業の手が、いよいよこのミナミにまで迫っているのではないか。

奈緒子は思案した。予感を感じたら、すぐに発つことだ。

——今夜だ。

この旅館での仕事が跳ねたら、いつものように美佐と一緒に難波の『ぼてぢゅう』に寄るのもやめて心斎橋《しんさいばし》の駅から消えよう。

そう覚悟を決めた。

「うち、今晩やってみるわ。ばっちり見せたるわ。うちのココ、綺麗やねん」

美佐が言った。

自慰を中断させられたので、頭の中が桃色一色に染まっているような言い方だが、奈緒子は直ちに美佐の心中を見抜いた。

「そうかぁ。ほんなら秋元《あきもと》のお父さんにも、断り入れておくわ。美佐ちゃんが承諾したと」

芦田は満面の笑みを浮かべた。

秋元とは、宗右衛門町三津寺町《みつてらちょう》の二筋を仕切る地場の興行師だ。

美佐と奈緒子は、この興行師を後ろ盾にしている流しで、日ごろはこまどり姉妹や島倉千代《しまくらちよ》子《こ》の曲を得意にして、界隈の小料理屋やスナックを回っている。

時々、こうして座敷にも呼ばれるがまともなお茶屋に出入りすることはない。表の芸者とはしょせん組合が違うのだ。

「ほな、出番になったら、仲居を寄越すよって」

芦田は、用件が済むとそそくさと出ていった。

4

「旦はん」

奈緒子は二階の廊下で芦田に声をかけた。美佐には用足しに行くと言って部屋を出てきていた。

本番まではまだ一時間以上あった。賄《まかな》いが出る時刻である。

「なんや、奈緒子はん」

芦田は、空き部屋から出てきたところだった。ちょんの間に使った枕芸者が帰り、その始末を終えたばかりのようだった。

「おおきに」

奈緒子は、そう言って芦田の胸に抱き着いた。

「奈緒子はん、なんね？」

「なんでもよ」

いきなり唇を重ねてやった。奈緒子のほうから舌を差し出し、唾液もじゅるじゅると送る。

「あかんて。わしらあんたらに手を出したらいかんのや。奈緒子はんだって知ってはるやろ」

「心配ないです。もう下大和橋《しもやまとばし》には戻りませんから」

標準語で言った。

「さよか。やっぱりそうするかぁ」

芦田はあっさりそう言って頷いた。やはり知っていて謎をかけたのである。

「津艶流の話、どこで聞きました？」

「わしら、口を堅く締めてなんぼの商いや。そんなんこと聞いたらあかん」

「ここも堅いんでっしゃろな」

奈緒子は、芦田の着物の帯下から右手を差し入れた。指が白褌にあたる。器用に動かし隙間を作り、そこから指先を忍ばせる。

亀頭に触れた。

立ったまま、裏側を擦りたてる。

「うぬっ」

「旦はん、中へ」

襖を開けて、部屋に忍び込む。

商売柄か、すでに新たな布団が整えられている。掛け布団が半分捲れているのは、すぐにもことに及べるようにという宿側の配慮だ。

連れ込み旅館に来た男女は、布団を捲るのももどかしい。

褌の中に手を挿し込んだまま、芦田を押し倒した。煎餅布団の上に転がり込み、素早く褌を解く。

芦田の男根は屹立していた。

「太棹ですね」

そう言い、根元を押さえて唇を被せた。舌で尖端を舐めまわし、棹を握った手をせわしなく上下させた。

「津軽三味線やな。おぉっ」

「上がり、下がりは得意中の得意です」

手筒を跳ねさせる。

三味の糸の上を急降下、急上昇させるように動かした。涎と、芦田の先走り液で、赤銅《しゃくどう》色の太棹は飴色に光り輝いていた。

「うっ、はっ、あかん出る」

「いっぺん、出してもいいですよ。本番は別腹でいけるでしょう」

奈緒子は顔の上下も交ぜた。

「おおおおおっ」

芦田が顔を歪《ゆが》め、しぶいた。棹に怒りの筋を何本も浮かべ、いくつもの波に分けて、精液を吐いている。

びゅんっ、びゅんっ。

精汁が舌や喉に当たる。

奈緒子はすべてを飲み込んだ。

芦田は、すべての事情を飲み込んで、あえて謎かけで知らせてくれたのだ。そのことに報いるために、誠意をこめて快楽を提供したい。

ひととおり噴き上げ終わると、芦田の棹は少しだけ萎《しぼ》んだ。

完全に萎んだわけではない。まだ半勃起で、ビクンビクンと揺れている。自分に色気を感じてくれている証拠だ。

「ややこしくなるので帯を解くのは、堪忍してください。けれど、精一杯努めさせていただきます」

芦田の胸襟を肌着ごと開いた。

男の乳首が現れる。小さいが尖っている。興奮している乳首は、女でも男でもいやらしく見える。

奈緒子はさきに右乳にしゃぶりついた。じゅるじゅると吸い、レロレロと舌を這わす。一方、左の乳首には爪を立ててやる。

かりっ、かりっ、と掻くのだ。

「おぉおっ」

芦田が背中を反らした。

今度は逆に責める。左乳首をきゅ〜っと吸って、軽く噛む。同時に涎で濡れそぼった右乳首を、ひょいとつねった。

「んんんんっ。こいつは効く」

芦田が喜悦の声を上げ、両足をピンと張った。一休みしていた棹が再び漲りを見せる。いつも温和な表情しか見せない芦田も、男根は怒りまくっていた。その落差が、より奈緒子を発情させた。

股のまんじゅうが疼いて疼いてしょうがない。

「旦さん、うち、ここを見せて弾いてたんや」

再び大阪弁に戻して、芦田の右手を股の間に導いた。茂みに触れさせ、人差し指を割れ目に潜り込ませる。

「こりゃ、ぬれぬれやわな」

沼のようになっている亀裂の間に、指を這わせた芦田に、ぬるぬるの花びらを広げられた。いやらしい自分の性根も満開にされた気分だ。

「おサネも探しておくれやす」

大阪弁を使うのも終いになるかと思うと名残り惜しくなる。あれだけ苦手だったのに、いまは思考も大阪弁になっているほどなのだ。

芦田の指がぬるっと上に上がってきて、大陰唇の合わせ目辺りを弄《まさぐ》られる。小豆のように腫れた女芽に指の腹が当たると、まるで淫撃弾に撃ち抜かれたように、股から尻の穴の周りあたりまでの一帯がのたうち回った。

「ここかぁ。奈緒子はんのおサネ、大っきいなぁ」

ズバリ肥大気味と指摘され、卒倒しそうなほど恥ずかしかった。乳房や乳首が大きいと言われるのは『いい女』と褒められているような気分になるが、女芽が大きいと言われるのは、なんだか『根っからすけべ』と言われているようで、とんでもなく恥ずかしい。

「あぁああっ。そんなにぐいぐい押さんといてください」

顔に似合わず芦田は攻撃的だった。女芽の周囲をなぞるように触る奈緒子の自慰と違い、真っ赤に腫れているはずの尖りを、執拗に押してくる。

「わっ、ひっ、そんなんされたら、うちあかんねん」

女の核心部分が爆発してしまいそうな快感を得て、くらくらとなる。

「なんで奈緒子ちゃんの女芽はこんな大きいんや？　ひょっとしたら女同士のほうが好きなんと違うか」

「ちゃいます。ずっと、独り触りばっかりやったから、マメはこんな大きくなってしもた。孔はいつも後まわしで、うちマメばかり弄くってしまうんよ。女の性《さが》どすなぁ。あひゃ、マメを潰したらあかんて」

奈緒子は着物の裾を蹴り上げ、股を大きく開いた。

「もう、ぜんぶ見せ、どすっ」

芦田の眼が蕩けた。男は女の此処を見るとき必ず呆けたような顔になる。ヤクザですらそうだった。

子供のように目を皿のようにしてみるのだ。

「ほな、俺がほじってやろう」

芦田が無遠慮に指を突っ込んできた。

ずちゅ。

「はぁーん。旦さんっ」

いかにも働き者らしい芦田の太い人差し指が淫壷の中を掻き回してくる。扇風機の羽のように人差し指をぐるぐる回してくる。

「んんんぁああ。旦那さん、指、回しすぎや。子宮はトンボやないよって、目回せへんわぁ」

どうも大阪で暮らしていると、こんなときでも笑いを取りに行ってしまう。

「あほなこと言うなや」

癪《しゃく》に障るとばかりに、芦田はさらに膣壷を掻きまわしてきた。

「あうぅううううううう、うはっ」

あまりの快感に、身体を捩って布団から逃げたくなってしまう。

奈緒子はしっかり芦田の剛直を握ってかろうじて耐えた。

女が耐えると男はさらにむきになって攻めてくるのが常だ。芦田は秘穴で人差し指を旋回させながら、とうとう親指でクリトリスを潰しにかかってきた。

――これはもうだめだ。

「あぁあああああっ。昇ぐっ、いぐいぐいぐっ」

恥ずかしいほどに鼻が膨らんだ。唇をきつく結んだ瞬間に、膣層もすぼまり、尖った刺激が四肢を駆け抜ける。

興奮の極限に達したときは、どうしても津軽訛りで『いぐっ』と口走ってしまう。

「はぅ」

ぐったりとなり、芦田の首に手を回し抱き着いた。もはや着物はぐずぐずである。帯が崩れていないのが幸いだった。

「おあいこやな」

芦田が勝ち誇ったようにいう。指だけで女を昇天させると、たいがい男は『勝利宣言』するものだ。

奈緒子は芦田の胸に顔を埋めたまま、荒い息を吐き続けた。確かに手マンで昇かされると軽い敗北感がある。

目の前に芦田のしこった乳首があったので、照れ隠しに舐めしゃぶってやる。

「んんがっ」

芦田がよがった。

男のよがり声は、だいたい間抜けに聞こえるから不思議だ。

ようやく息を整えた奈緒子は、立ち上がり、仰向けに寝ている芦田の顔の上に跨った。

女の花を満開にして見せる。

「お世話になりました」

極点を見たばかりでまだ赤みを帯びている淫裂から、たらりたらりと蜂蜜のような愛液が溢れた。芦田の鼻梁に落ちる。

「別れのまんじる酒かいな」

「そんなようなものです。灘《なだ》の酒より甘口ですが」

「秋元のおやっさんには、俺から伝えておく。うまく逃げぇな」

奈緒子は半歩下がった。

股の真下に今度は太い剛直が見える。

両襟から肩を抜き、乳房を露にした。小豆色の乳首が、早く触れてくれとばかりにツンと尖っていた。

「昆布巻《こぶま》きのままで、堪忍どす」

帯のあたりに着物の上下をかき集めて、そのまま巨尻を下ろした。

おめこの孔に怒張した亀頭が当たり、ぬちゃっ、と音がした。

「んんんんっ」

そのまま巨尻を降ろしていくと固茹《かたゆ》で卵のような亀頭と魚肉ソーセージのような肉棹が、ぐぐっぐっと淫層にめり込んできた。同時に鳥肌が立つような極上の快感が突き上げてくる。

嵩張《かさば》った鰓に柔らかな膣の粘膜を盛大に擦られた。

「はぁーん」

お礼のつもりで着物を捲ったはずが、これでは奈緒子のほうが餞別《せんべつ》をもらっているようだった。

両の乳房に芦田の手が伸びてくる。

鷲掴まれた。

思わず背筋をぴんと張る。

下乳を持ち上げるように撫でながら、同時に尻も跳ね上げてくれた。

ずどんっと子宮が突き上げられ、全長が刺さったところで、がっつんがっつんと土手同士を擦りつけられた。女芽が捩れ、揺さぶられ、快感が百倍になった。

「あぁあああああっ。旦さんっ」

奈緒子は軽い眩暈をおこし、前に倒れ込んだ。芦田の顔にしっかりと乳房を押し付け、それでも自ら腰を振った。

「おっぱい、ちゅうちゅうしたる」

乳首にまで吸い付かれ、さらにのたうちまわらされた。気持ちよすぎて腰の振りが速くなる。

美佐が傍にいたら、三味で〽金毘羅ふねふね　をやってくれるだろう。

芦田は左右の乳首をすっぽんのように吸い、なおかつ尖り切った乳頭を、べろべろと舐めてくる。

淫壺の中の男根も、縦横無尽に動き出していた。

「わっ、わっ、わっ。あかんねん、もううちあかんねん」

熱に浮かされたように喘ぎ、虚ろな気分で正面の障子窓を見やった。

障子の向こうにもう一枚ガラスの窓がある。

そこから差し込む赤や青の灯が、白い障子に幻想的に映っていた。仄《ほの》かに道頓堀川の匂いも香る。

遠くから『道頓堀行進曲』が聞こえてきそうな気配だ。

此処は大阪宗右衛門町。たった三年の暮らしだったが思い出がびっしり詰まっている。別れの切なさに、膣壺が過敏に反応した。

次元の違う快感だった。

奈緒子はいとおしい町を抱きしめるように膣をすぼめた。

「おぉおおお」

芦田の太棹がひと際硬直した。

「いやっ、旦はんっ、うちも昇きそうや」

股に咥えた太棹を揺さぶった。膣の上方の垂れ下がった位置で擦りたてる。こうすると異次元の快感に見舞われる。

「おわっ」

芦田が眼を剥き、まん袋の底に、熱波が飛んできた。棹が激しく揺れ、どくんどくんと噴き上げてくる。

「んんがぁ。奈緒子ちゃん。別れのテープや。紙やのうて汁テープや」

やはり大阪の男は、こんな時でも笑いを取ろうとした。

「あかんっ、うちからも別れのテープや」

奈緒子は泣き笑い状態で、潮を噴き上げた。芦田の顔にむけてびゅんびゅんと飛ばす。

「うわぁああ。これは思い出に残るわぁ」

芦田が、嬉しそうに笑った。


座敷でシロクロショウが始まった。

目の前で毘沙門天《びしゃもんてん》の刺青《いれずみ》を背負った男とその情婦が、絡み合っている。奈緒子は最後の演奏を務めていた。

男の腰の抽送の調子に合わせて『三味線ブギ』を弾いた。

男の動きが素早く見えるような演目だった。三味の音が高くなると、女も羞恥が薄らぐようで、喘ぎ声は一段上がった。

奈緒子は弾きながら、客の顔を一人一人確認した。最後列に視線が合う男がふたりいた。人相の悪い男たちである。

眼前で男女が交わっているというのにこのふたりは奈緒子と美佐ばかりを見比べている。ピンときた。

青竜興業の手先であろう。オメコに出し入れしている淫場で三味線弾きばかり見るなど、おかしすぎる。

と、美佐がいきなり『津軽じょんがら節』を弾き始めた。

いつの間に覚えたのだ?

中棹で弾くじょんがら節は、力強さに欠けるが、美佐は美佐なりの解釈で雅《みやび》な即興を入れていた。

やにわにふたりの男が、背筋を伸ばした。ひとりは片膝を上げ、懐に手を忍ばせている。

美佐も片膝を上げげた。

紅いまんちょが丸見えになったはずだ。

男が懐から匕首《あいくち》を出して飛び出してくる。

「中川奈緒子だな。一緒に来てもらおう」

ヤクザが奈緒子ではなく美佐にいう。

「なんやねん。うちは指原《さしはら》美佐や」

「しらばっくれるなっ。『津軽じょんがら節』を弾いているのが何よりの証拠。その上『まんじゅう見せ』とは中川奈緒子しかありえねべ」

ヤクザは訛っていた。あきらかに津軽訛りだ。

修羅場になった。

シロクロショウの男女は交合したまま動きを止めた。芦田の贔屓筋の客たちがざわめいて、道を開ける。

「なんかの間違いやったら、あんたら生きてミナミを出れへんよ」

美佐が裾を岡っ引きのように端折《はしょ》って、陰毛をさらしたまま男たちに連れられていった。

「はよ。この間に」

背後の襖から出てきた芦田に囁かれた。

その声を合図に毘沙門天を背負った男が、腰を振り出した。

「あーぁあん」

女が喘ぎ声をあげる。

奈緒子は小林旅館の二階の窓から隣家の屋根伝いに逃げた。太左衛門橋《たざえもんばし》まで走り、心斎橋駅へと向かう。

川面に映る道頓堀の赤い灯、青い灯を目に焼き付けた。

美佐が身体を張って時間を稼いでくれているのだ。

御堂筋《みどうすじ》線で大阪駅に出て、京都線に乗り換えた。荷物は何もなかったが、股の孔の中に思い出がいっぱい詰まっていた。

一気に東京に戻りたいところだけれど、大津《おおつ》あたりで、あと二年辛抱しよう。明日は明日の風が吹く、だ。

修造は今頃、北の大地だろうか。

第五章　函館の女

1

　青森県警刑事部捜査一課の刑事、山本浩明《やまもとひろあき》は二月二十一日になったところで、残りの四十日間を有給休暇の消化に充てることにした。

　捜査中の強盗事件が未解決なのと、自分が退職すれば九年前の『栄町神社拳銃乱射事件』が事実上の迷宮《おみや》入りになるため、刑事人生にはまだまだ心残りであったが、若い課長の顔も立てねばなるまい。

　人生、引き際が大切だ。

　三十三年間の警察人生で初めての有給休暇届を提出するために課長席に行くと、自分の半分ぐらいの歳の課長である今泉輝彦《いまいずみてるひこ》が、いかにも厄介《やっかい》払いが出来たというような笑顔を見せた。

十年前に殺人《ころし》事件の現場に、この課長を初めて連れて行ったのが山本である。

今泉がゲロを撒《ま》いていたのをいまでも鮮明に覚えている。

「ヤマさん、長い間、ご苦労様でした。週休二日の定休もロクに取らずに、ずっと走って来たんですから、どうぞ最後の四十日ぐらい、羽を伸ばして来てください。四月からは、警備会社への再就職が決まっているんですから、先のことは、なにも心配いらないでしょう。あとは三月三十一日出署でかまいません。最終日は課としても、盛大な送別会を用意させていただきますから、夜は空けておいてください」

「バカ言え。送別会なんていらねべさ。捜査一課《ソウイチ》が、毎年三月三十一日に、退職刑事の送別会をやってどうするだ。犯罪者も一緒になって休んでくれるわけでもあるまいに」

山本は、片眉を吊り上げた。

「まぁまぁ浩さん、そうムキにならずに。役所には役所の習わしというのもありますから。最後ぐらいどうか波風たてずに……ねっお願いしますよ」

「休まず働いてきたのは俺の勝手だ。麻雀好きが徹夜で打っていても平気なのと同じよ。俺も、三十三年間全力で働いてもまったく苦にならなかった。それだけだ」

そう言って、踵《きびす》を返した。

背中で、課長の心の声が聞こえる想いだ。

たぶん、こう言っている。

『あんたみたいな古いタイプの刑事がいるおかげで、科学捜査が進まないんだ。この俺の出世が遅れた』

——わるかったなぁ。

浩明は胸底で口笛を吹くようにそう言った。

何より警察署という職場が好きだった。

署には、風呂もあれば、職員食堂もある。

さらに警官時代には制服があり、刑事になってからは背広や外套《がいとう》も支給された。衣食住が保証された職場だった。

身体を動かしたくなったら柔道場や剣道場で汗を掻けばいい。ストレスが溜まれば、射撃訓練場でぶっ放すことだって出来るのだ。

こんな職場は他にない。

おかげで山本はひたすら捜査に没頭することが出来た。昭和十三年の任官以来三十三年間、無我夢中の警察人生だった。

ずいぶん、表彰状も貰《もら》った。

そのかわり気がつけば、独身のままだった。定年後に、帰るべき家庭というものがない。これといった女もいない。

県警の玄関を出てから、浩明は、はたと困った。

――で、俺はこれから、何をする？

粉雪を額に受けながら、目の前の通りを見据えた。

柳町通《やなぎまちどお》りと本町通《ほんちょうどお》りの間の道を、雪を跳ね上げて車が行き交い、県庁の前を黒いコートを着た勤め人たちが急ぎ足で歩いている。

見慣れた日常だった。

山本は自分だけが、その現実社会から、すっぽりと抜け落ちてしまったような気がした。

退職とは、こういう気分になるものだったのか。振り返って、庁舎を見上げた。万感の思いである。

昭和も四十六年目となり、こんな地方都市でも戦後の香りはなくなっている。青森駅の裏側にずらりと闇市がならんでいたころが懐かしい。

とりあえず、退職旅行というものでもやってみるか。

多くの同期たちがそうすると聞く。

家族で九州へ行くのが定番なのだそうだ。鹿児島と宮崎が人気らしい。

役所の退職日は毎年三月三十一日と決まっているので、最後の休暇を取れるのは二月から三月ということになる。寒い季節なのでいずれも南国を選ぶらしい。

しゃらくせぇべ。新婚旅行でもあるまいしよぉ。

と、山本はかぶりを振った。

刑事は、その後の人生においても、刑事らしく生きるべきであろう。

それがどういう生き方なのかはわからないが、とりあえず南国で日光浴ではない気がした。

刑事の退職旅行は一人旅。

それも最果ての波止場町が、似合っている。

勝手にそう結論を出した。


青函《せいかん》連絡船に乗って北に来た。

路線バスを降りると、耳朶まで冷えた。流されるように函館の北東部にある鄙びた波止場町に辿り着いていた。

やはり鹿児島か宮崎のほうがよかったんじゃねべか、と後悔する。二月の北海道の寂れた波止場町は、間違いだったようだ。

本当に何もないのだ。

まだかすかに空が白い時間だった。宿泊先の旅館にキャリーバッグを預け、それでも、とりあえず近くの波止場に向かった。

粉雪が舞っていた。

ハンチングを被り、革のコートに両手を突っ込んで、肩を怒らせて歩いた。気持ちは、ドラマに出てくる叩き上げの刑事だ。

人間、形から入れば、中身もついてくる。そうやって三十三年間突っ張って生きてきた。

青森よりも北の凍《しば》れる海が見たかった。

岸壁に立った。

小さな灯台が見える。視界に広がるのは津軽海峡だ。いつもは本州側から見ていた海だ。

津軽海峡は逆巻いていた。海面から北島三郎《きたじまさぶろう》のコブシの効いた歌が聞こえてきそうだ。冬の海を眺めながら、これまでの想いに耽《ふけ》る。

同時に津軽三味線の音も聞こえてきそうだった。

間もなく十年になるか。

山本は右脚の大腿部《だいたいぶ》を撫でた。銃創の跡がまだ残っている。戦争で受けた傷ではなく、ヤクザの揉め事の流れ弾を食らったのだ。幸い銃弾は肉を抉《えぐ》りながらも太腿内に残らず貫通してくれた。

山本はこのことを黙して語らなかった。

流れ弾を食らうなどチンピラなら武勇伝だろうが、刑事にとってはただの不覚でしかない。

山本はあの夜、何事もなかったように現場を動き回り、指揮を執り続けた。

あれは火事場の馬鹿力のようなものだ。歯を食いしばりながら花園町の家に戻り、裂傷にガーゼを貼り包帯を巻いて止血したものだった。

昭和三十七年四月二十五日の『栄町神社拳銃乱射事件』だ。もう十年も前のことになる。

色三味線師が淫処を開帳しながら演奏していると、宵宮を巡回中の地域係警官から連絡があり、急行したところヒモであろう男が拳銃を発砲しながら女を連れ去ったのだ。現場を指揮していたのが、浩明だった。

太腿の表面を貫通した銃弾は、参道に伏していた新聞記者の顔の前で跳ねた。毎朝新聞青森通信局の若手記者だった。

山本の太腿で緩衝されていなければ、記者の頭部に命中していた可能性もある。

不覚にも取り逃がしたが、すぐに逮捕できると踏んでいた事件《やま》だった。それがいまだにふたりは行方不明で、まもなく時効となる。

間に合わなかった、な。

記者も運がいいが、発砲者も運がいい。殺人罪にはならなかった。

この太腿のおかげだぜ、と山本はふたたび古傷の上を撫でた。

死傷者がいなければ、所詮はやくざ者同士の揉め事だ。捜査一課も山本も深い追いすることはなかった。だから山本は黙した。面倒くさくしたくなかった。

そしていよいよ定年退職日が近づいてきた。すでに山本には刑事としての獰猛さや執念がなく、時効直前だからといって、再捜査をする気などさらさらなかった。

警察官という肩書そのものが、山本にとっては牙《きば》であった。刑事だからこそ拳銃を所持し、犯人を追い詰めることも出来る。

その肩書がなくなれば、たとえ犯人を発見しても通報するぐらいしか出来ないのだ。

警備会社に天下ったところで、これまでのような情熱をもって、働くことは不可能だろう。犯人を追い詰めることを生きがいにしてきた者にとって、警備は受け身の業務だ。

――俺には、何もなくなった。

そう痛感した。虚無感がこみ上げてくる。軽い鬱病《うつびょう》でもあろう。

浩明は波に向かってぶつぶつと愚痴を吐いた。こん畜生とか馬鹿野郎とかそんな言葉も吐く。地方公務員の五十五歳勧奨退職は抗《あらが》うことが出来ないものだから愚痴るしかない。

少し楽になった気がする。

「そんなところで、自殺なんかしないでくださいよ」

背後から女の声がした。

振り向くと、赤と黒の格子柄の褞袍《どてら》を着た女が立っている。買い物籠《かご》を提げている。竹網の籠から葱《ねぎ》が覗いていた。

目鼻立ちがはっきりした美人だ。

やけに大きなボンボンの付いた赤い毛糸の帽子を被っていた。歳の頃は三十代半ば。ぶ厚い褞袍を着ているので、身体のラインはわからない。

女はニコニコしていた。手まで振っている。

浩明は身構えた。

女には縁のない人生だった。

これまでの人生では近づいてくる女は、すべてヤクザか極左の手先と見て避けてきた。それが刑事たるものと肝に銘じていたのだ。

「あぁ、大丈夫ですよ。そんなんじゃないですから」

浩明は顔の前で手を振ってみせた。

「旅の人ですか」

時代劇のような訊き方をする女だ。

「そうだ、旅の者だ」

わざわざハンチングの庇《ひさし》をあげて答えた。こちらも芝居じみた言い方で返す。もはや女を警戒する理由はなくなっていた。

「どこ、泊ってんですか」

「バス停前の『菊富士《きくふじ》旅館』だ」

本当にそういう名前の旅館だった。

戦前の東京、本郷《ほんごう》にあった洋風の雰囲気とは似ても似つかぬ民宿のような旅館で、相撲取りのような女将《おかみ》が出てきたのには驚いたが、別にそこはちょんの間でもなく、がっかりする、ということはなかった。

「あの、ボロ宿ですか」

女は大きな声で言った。

「まだ、上がっていないので知らないが、俺にはボロ宿で充分さ」

どうせひとりで寝るだけだ。

「私、スナックやっています。退屈しのぎに、ぜひ来てください。ほら、そこです」

何だ客引きかよ。

胸底でそう呟き、女が指さした方向を見ると、道端にネオン看板が出されている。

『スナック　嘘つきカモメ』

ぼったくられそうな店名だ。

店というより木造の一軒家だが、表面部分だけを四角いモルタルの壁で西洋風ビルに見せている。大正の大震災後にやたら流行った看板建築というやつだ。

「宿で晩飯を食ったら、覗きに行くよ」

山本は適当に相槌《あいずち》を打った。行くも、行かぬも、二時間後の気分次第だ。

「夕食なら、うちのほうが美味しいですよ。菊富士旅館はまずいですから」

「やけに宿に絡むじゃないか。近所同士で、そこまで言うか？」

浩明は苦笑した。

「はい、近親憎悪というやつです」

面倒なことに巻き込まれたくなかったが、一期《いちご》一会《いちえ》も旅の興である。

山本は、

「じゃぁ、行くよ」

と答えた。

荒涼とした波止場町のスナックでしみじみ飲めば、なにか、今後の人生への閃《ひらめ》きがあるのかもしれない。

一時間後、『嘘つきカモメ』の扉をあけた。口開けの客となった。

午後七時だった。

「凄い店名だな。ボッタクリバーじゃないだろうな」

カウンターに座るなりそう答えた。

「すみません。亭主を呪って付けた名前なんです」

「どんな亭主だよ？」

「あちこちに女を作っては、カモメみたいにパタパタと飛び歩いている亭主です。行く先々で、女に嘘をついては、金を借り、返済相手を私にしてくるんです」

「ひでぇ、話だ」

「もちろん払わないけれどね。だから、嘘つきカモメ。いまもどこにいるのかもわからないです」

女はアケミと名乗った。毛糸の帽子はさすがに取っている。黒のセミロングに軽いウェーブがかかっていた。

亭主の話は、嘘か真《まこと》か、わからない。そもそも女の愚痴は誇張されることが多い。聞き捨てるに限る。

熱燗《あつかん》を頼んだ。

「お客さんは、どちらから？」

アケミは黒のタートルネックセーターにベージュのロングスカートを穿《は》いていた。脚はカウンターに隠れてよく見えないが、全体として量感のある身体つきだった。

「青森」

「仕事で？」

「観光だよ」

「嘘っしょ。こんななーんもないところに観光だなんて。お客さん、いったい何しているひと？」

アケミがカウンターの下で手を動かしながら聞いてくる。やや語尾が上がる独特の北海道訛りに旅情を感じた。

「何に見える？」

「そのハンチング帽。新聞記者？」

「似ているが違う」

張り込みをするという意味では、記者と刑事は似た商売だと思う。浩明はハンチング帽を脱いだ。髪にはかなり白いものが混じりだしている。

「刑事だ」

アケミは目を丸くした。

「まさかぁ。刑事は、刑事って言わないしょ。泥棒っしょ」

素っ頓狂な声を上げる。

泥棒にもハンチング帽を被ったイメージがあるらしい。

山本は笑った。

出てきた銚子を猪口と手酌《てじゃく》で飲んだ。

喉に火焔が落ちる。そんな感じだった。それだけ身体が冷え切っていたということだ。

いまの自分の境遇に似ていた。

――そうだ冷え切っている。

ふと、量感あるアケミの肉体が、暖炉のように思えた。手を翳《かざ》したくなる。

「本当のところは、退職した公務員だ。独り身なので気ままに旅をしているが、二月の北海道は失敗だった。宮崎の日南《にちなん》海岸にでも行って日向《ひなた》ぼっこをしていたほうがマシだった」

旅先の一期一会――。

嘘と真の狭間《はざま》の会話が、ちょうどいい。

「そうよねぇ。青森の人でもこの寒さはかなわないっしょね。海峡を越えたら全然違うから。塩鮭を焼くから、その間、これをツマミにしてちょうだい」

刻《きざ》み葱《ねぎ》をたっぷり乗せた厚揚が、目の前に置かれた。

濃い口の醤油をさっと塗して、摘まんだ。

一口食って『うまいっ』を連発する。

しばらくして塩鮭が置かれた。

これはさらにうまかった。

おかげで熱燗が、どんどん進んだ。しょっぱすぎる味付けも、マイナス三度の土地では、格段にうまく感じる。

「地元の客は、九時過ぎまで来ないから、ゆっくり召し上がれ。いい具合に酔ってきたらさ、演歌でも歌えばいいしょ。ここらの人は娯楽がないから、みんな流しの人のギターで歌をうたうんだよ。九時過ぎれば、もひとり手伝いの女の子も来るしね」

それからアケミととりとめのない話をつづけ、杯を重ねた。鮭、筋子、たらこの三点セットがあれば、何杯でも呑めた。

しばらくすると半纏すがたの地元の商店主やら捩《ね》じり鉢巻きした漁師やらが、集まってきた。カウンターに十人が座り、満席となった。

アケミは、浩明が旅人のせいかずっと隣で相伴してくれた。カウンターにはいつの間にか、小百合《さゆり》という頬の赤い丸顔の女が入り、アケミに代わって客を仕切っていた。

「おばんです」

とギターを抱えた角刈りの男が入ってきた。俳優の緒形拳《おがたけん》に似た人相の男だ。流しの演歌師のようだ。長身で黒革のジャンパーに茶のコールテンのズボン姿がよく似合っていた。

「あら修造さん。いらっしゃい。景気づけに一曲頼むよ」

漁師のひとりが五百円札を出していう。

「へい、ならサブちゃんを」

修造と呼ばれた演歌師が拳をきかせて北島三郎の『兄弟仁義』唄い出した。味のある声だ。手拍子をしながら聞く。ギターの音もよく響いた。

「修さんのギター、あれ既製品じゃないんだよ。材木屋で適当に材料を見繕って自分で作ったんだって」

酌をしながらアケミがそう教えてくれた。

「たいしたもんだな。いずれそっちが本業だったんだべな」

山本は修造の顔をしげしげと眺めながら答えた。

ギター弾きが楽器を作るよりも、楽器職人がギターを弾くほうが断然確率は高い。刑事はそんなふうに考える。

「そっか。修さん、きっと職人だったんだわ。前にもそこの窓枠の木が腐ってどうしようかってときに木材買ってきて簡単に直してくれたんだよね」

アケミも上機嫌でビールを呷った。

なんとはなしに唄っている修造の顔を眺めていた。既視感がある。俳優の緒形拳に似ているばかりではない。実際に何処かで会ったことがあるような気がした。

だがそんなはずがない。

「ねぇ、ちょっと、山本さんもなんかリクエストない」

とアケミにぽんと右の太腿を叩かれた。古傷のあたりだった。痛みはしないが、そこにはあの日の記憶が残っている。

山本は息を飲んだ。

修造？　浅草の指物師長岡修造ではないか？　ぼんやりとだがあの日、拳銃を撃っていた長岡修造の顔と目の前で『兄弟仁義』を唄う修さんを見比べた。

――似ている。

だが確かな自信はない。あのとき自分は片膝を突き太腿を押さえて痛みに耐えていたので長岡修造の顔を凝視出来ていたわけではないのだ。

あの夜の光景を必死で脳裏に呼び戻した。不意にある閃きがあった。

「ママさん、西田佐知子の『アカシアの雨がやむとき』を歌えるかい？」

長岡修造と中川奈緒子が逃げていくときに、屋台から転がり落ちたトランジスタラジオから流れていた曲だ。

修羅場と化したあの場に乾いた風のように流れたあの曲を、山本ははっきり覚えている。修造と奈緒子は聞いていただろうか？

「修さん、私『アカシアの雨がやむとき』を歌う。伴奏してくれる？」

アケミがリクエストした。

「おぉ。ママが西田佐知子とは珍しいな。いつもの黛《まゆずみ》ジュンじゃないんだ」

漁師がそんな野次《やじ》を入れた。

「あたしだってたまにはしんみりした歌だって歌うさ。こちらの青森からのお客さんのリクエストだもの」

アケミがそう言った瞬間の修造の目の動きを山本は見逃さなかった。

火花が散った。

修造もまた山本の目の動きを見ていた。

間違いなく長岡修造だ。だが、修造もまた山本が刑事であることを見切ったであろう。

教えてやってしまったようなものだ。

しょうがねぇ。職質《ばん》をかけるか？

と立ち上がろうとした瞬間、修造がギターを弾き始めた。アケミが山本の膝に手を置き歌い始めた。

山本と修造の顔を交互に見ながら『アカシアの雨がやむとき』を唄い綴《つづ》っていく。客たちは歌を聞くでもなしに、互いの話に夢中になっていた。

——止めた。面倒くせぇ。

休暇中だ。北海道県警にいろいろ手続きしたり、護送をするのも手間がかかる。

——止めた。

それからどれだけ呑んだかわからない。アケミが隣に座って、酌をしてくれていたのだけは覚えている。

2

「呑ませすぎちゃったみたいね……」

目を開けると、真上にアケミの顔があった。

黒のタートルネックセーターの上にまた褞袍を着ていた。黄色と赤の格子柄の褞袍だ。野暮ったいようで妙に色っぽい。酌をしてくれている間は婀娜《あだ》っぽく見えたが、いまいる生活空間ではなんだか純朴に見えた。

「菊富士旅館なんかより、こっちに泊まっていけばいいっしょ」

言っているアケミの瞳も酔っているように見えた。

「ここは？」

山本は上半身を起こそうとしたが、頭がふらふらした。

どうやら完全に寝落ちしていたようだ。

山本は六畳間ほどの部屋に敷かれた布団の上に寝かされていた。

きちんと掛布団が掛けられている。仄かに香水の匂いのする布団だった。

山本は首だけ起こして部屋を見渡した。

三面鏡と小箪笥《こだんす》がひとつだけの部屋だった。

少し離れた位置で、石油ストーブが赤々と燃えている。小箪笥の上の置時計が十時を指していた。

まだ宵の口じゃねぇか。

酒がさほど強くないのは事実だが、それにしても酔い潰れるなど、人生で初だった。

旅の疲れか、刑事を辞した解放感か。

どちらのせいかわからないが、とにかく酔った。

カーテンが開けられたままになっている窓からは、濃紺の空が見える。相変わらず粉雪が降っていた。その雪が時折、灯台のサーチライトに照らされた。

その瞬間だけ、本物の雪なのに舞台で見る紙吹雪に見えた。

「店の二階よ」

奈津子が顔を接近させたまま言った。唇が艶めかしい。

「ご主人とかは帰ってこないのか」

「だから、帰ってこねってばさ。もう二年になる。来るのは、借金取りだけだ」

階下から、歌声が聞こえてきた。

クールファイブの『長崎は今日も雨だった』だ。中年の男の声。慣れている歌い方だった。

その歌を囃《はや》し立てる女の声も聞こえる。アケミに代わってカウンターに入っている手伝いの小百合だろう。

続いてその小百合が『青い山脈』を歌いはじめた。ずいぶん古い歌だが、ちょっと前まで石《いし》坂《ざか》洋《よう》二《じ》郎《ろう》の原作ドラマがひっきりなしにテレビに流れていたので、いまだに人気があるのだろう。

青森が生んだ文豪といえば太宰治《だざいおさむ》の印象が強いが、一方でこの都会的で明朗な快作を世に送りだし続けた石坂洋二郎もまた、青森県の出身である。

修造はまだ下でギターを弾いているようだ。山本は気になった。

「あの修造という男は？」

まだ酔いの醒めきらない頭を拳で叩きながら聞いた。

「修さんは流れ者だ。いろいろいわくがあるっしょ。でもきっと明日からは来ないよ」

アケミが首を横に振る。

「何故そんなことを言う」

「山本さんが来たからね。あんた刑事さんでしょっ。修さんも気づいたさ」

「俺を刑事だと信じるのか」

「初めは冗談だと思った。けど、山本さんと修さんと目が合っているのを見てそういうことかと思った」

アケミはなにもかもお見通しのようだ。

水商売の女は炯眼《けいがん》だ。毎夜、人の内面を見抜く力は刑事よりも上手かもしれない。アケミは修造をかばいたいのか？

「それで俺を酒で潰したか」

「まさか。そうだったら、修さんはとっくに逃げているよ。リクエストが入っている限りギターを弾く。きちんと仕事をしているだけさ。修さんはそれで捕まってもしょうがないと覚悟している。何をやったか知らないけど、始めた仕事は最後までやる。あの人はそういう人だよ。だから捕まえるなら店を出てからにしてくださいな」

じっとアケミに見据えられた。

「あいつを追いかけてきたわけじゃねえし。俺は休暇中だ」

ぼそっと言った。

「気が変わっても知りませんよ。修さんはこの店を出たらすぐにどこかに飛ぶわよ」

「いいさ。もういいんだ」

山本は右手で肩を揉みながら言った。任期はまだ一月《ひとつき》残っているが、この旅に出たときから、自分の役目は終わっている。そう思っていた。

「いいんですかね」

「いいんだ。それよりとんだ迷惑をかけたようだ。だいぶ酒も冷めてきた。そろそろお暇《いとま》する」

身体を捻って、何とか立ち上がろうとしたが、その肩をアケミに押さえ込まれた。

「だめだよ。あんたを旅館になんか帰さないよ。今夜は、うちに泊ればいい」

アケミが掛布団をはがして、股間に手を伸ばしてきた。

上着はもちろん、ワイシャツやズボンもすでに脱がされている。山本は駱駝《らくだ》色の下着と股引《ももひき》姿で寝ていた。

股間の男の象徴が、バレエダンサーみたいに盛り上がっている。

――かっこ悪すぎるべ。

勃起はしていない。していても、してなくても、これはカッコ悪すぎる。そのぐにゃりとした状態の棹を、アケミにむんずと掴まれた。

「おいおい。俺に色を仕掛けてでも、あの演歌師を逃がしたいのかよ」

「旅館に帰らなくていい。菊富士旅館なんて早く潰れればいいのよ」

言いながらアケミは、股引の上からかなりしっかりと握ってきた。右手で棹を、左手で玉袋をあやされる。

たちまち棹が勃ってくる。

山本は、むっつり顔になった。照れ隠しだ。

「なんか、あの旅館に恨みでもあるのか?」

「菊富士旅館は、亭主の実家だよ。でもそれだけが理由じゃない。あんた、女心がなんもわかってないね」

複雑な気持ちになったが下半身はすでに疼き勃ち、払いのけるだけの理性も根性も残っていなかった。

刑事になってこのかた、風俗以外の女とはやっていない。

性欲とは捜査に集中するうえで、もっとも厄介な存在だ。

刑事は常にその欲求とも戦っている。欲に駆られたときは、早めに本職の女で処理するのも仕事のうちだと考えていた。

とりわけ恋愛にも無縁だった。それだけ、仕事に夢中だったということだが、裏を返せば女には初心だということだ。

だから俺は、やられることしか知らない。女にすべて任せるしか知らないのだ。

「この店はあんたのものかい？」

「いいえ、ここも菊富士旅館の物件。けど、いまは私の好きにさせて貰っている。あっ」

アケミの大きな瞳が、輝いた。

「大きくなった」

山本は、己《おの》が股間に視線を這わせた。駱駝の股引にもっこり男根の姿が浮かんでいた。まさに棍棒だ。

いやはや、困ったことになった。股引など穿いているぶん、それはずいぶん滑稽に見えた。

——とんでもなくカッコ悪いではないか。

「久しぶりだよ、触るの。私だって女だからね」

アケミが股引の上から、雁首《かりくび》のあたりを摩擦してきた。

「んんんっ」

気持ちがよすぎる。

駱駝のシャツを捲りあげてきた。おのれの乳首が露わになる。

「寒くない？」

濡れたちょぼ口がそう言っている。

寒いとか、暑いとか、そういうことを感じている状態ではなくなっていた。

「平気だが、何をする気だ」

「エッチなことしたいのよ」

アケミが人差し指を一度、しゃぶり、涎に塗《まみ》れた指先で、乳暈に触れてきた。円を描くように撫でられる。

理性ががらがらと崩壊する。

山本は、仰け反った。舌先のヌルリとした感触に脳も溶ける。

「年寄りをからかうな」

「年寄りって、山本さん、いくつよ？」

「五十五だ」

「なんだ、まだ若い。したら、辰年《たつどし》っしょ」

アケミの吐息が右の乳首に吹きかかる。一足飛びに背中まで痺れるような昂奮が突き抜ける。

「そうだが」

掠れた声をあげつつも、山本は必死に平静を装った。

「一緒、一緒。私も辰だから」

「四十三か？」

「な、わけないっしょ。四月で三十一だよ」

アケミが乾いた笑い声をあげ、乳首の上に涎を垂らしてきた。べちゃ、と見事に乳首に当たる。

「うっ」

山本は先走り汁を溢した。

「いや、すまない」

スナックのママという職業柄のせいか、年齢よりもはるかに成熟した女に見えた。

「いいの。わざと上に見えるようにしているから。こんな仕事していると男に舐められたくないからね」

アケミが目を細めて、山本の乳首に唇を寄せてきた。分厚い舌腹で、ベロリと舐められる。

「うっ」

背筋に電流が走る。

山本は首に何本もの筋を浮かべた。顔が燃えるように熱い。風俗以外の女性の舌で乳首を舐められるなど初体験だ。

アケミは、そのまましばらく、男の小さな乳首を舐めしゃぶった。ちゅぱ、ちゅぱ、じゅるっ、という、いやらしい音が鳴り響く。

その音に階下から駆けあがってくる小林旭《こばやしあきら》の『ズンドコ節』の歌声が重なった。漁師が三人でがなるように歌っている
それをいいことに、アケミはさらに大きな音を立てて吸いたててくる。男の乳首が恥ずかしいほどに、腫れあがった。

「んんんんっ。気持ちよすぎるっ」

思わず腰が浮く。勃起を突き上げる形になった。

「もっとよくしてあげる」

一気に駱駝のシャツと股引を脱がされた。白い綿パンツも脱がされる。パンツには淫靡な温気が溜まっていた。その中から氷柱のように硬直した男根が現れる。

「おいっ、そこは、まずいだろう。老いぼれちんぽだぞ」

「なんもなんも。これなまら硬そうっしょ。私、興奮しちゃうよ。ってか男のココを見るの三年ぶりぐらい」

ぎゅっと握られた。

「おぉっ」

温かい右手に包まれ、びゅっと噴き上げそうになった。すんでのところで堪える。

あまりの気持ち良さに浮いた腰を、更に突き上げてしまう。ブリッジ状態だ。みっともないにも程があるが、もはや身体は本能のままに動いていく。発情した身体には刑事とは言え歯止めがきかないのだ。

アケミの手が軽やかに上下した。

「はうぅうう」

顔を歪め手淫を続けるアケミの顔を見た。

「こんな狭い町に暮らしているんだよ。誰彼《だれかれ》とやるわけにはいかないっしょ。通りすがりの人ぐらいしかいないっしょ」

アケミが切羽詰まったようにいい、手筒の速度を上げてきた。

気持ちは分かった。だが、その手こきの速さはまずいっ。速すぎる。

出るっ、出そうだ。

「ああっ」

妙なプライドと言えばそれまでだが、刑事は早漏ではいけないような気がする。

世間もそう思っているのでないか？

山本は歯を食いしばった。

「やりたくて、やりたくて、もう、どうしようもないのよ」

アケミがそう言って、男根からいったん手をはなしスカートのホックを外し、するすると脱いだ。

巨尻を包むパンストが露わになった。

上は格子柄の褞袍で、下は黒のパンストだ。パンストの下にさらに赤い毛糸のパンツが見えた。

野暮ったい格好だ。けれどもその光景は、妙に生々しく山本はそそられた。

結婚もせず娼婦としかセックスをしたことがない山本にとって、生活感漂う女の様子を見るのは初めての経験なのだ。

ぐっとくるものがあった。

思えば自分の人生にも『生活』というものがなかったような気がする。あったのは『仕事』だけだ。

「亭主は、他の女とやりまくって帰ってこない。だからといって、私は地元の男とやるわけにもいかないしね。北海道は広くても、この町は狭いからね」

未亡人でもないのに孤閨《こけい》を強いられる日々の中、ふらりと現れた旅人はちょうどいい相手なのか。

部屋には石油ストーブ独特の油臭さが漂っていた。

肉棹がふたたび手筒で攻めたてられる。厳しい尋問にあっているような気分だ。白い液体を噴き上げて早く楽になりたい――そんな心境だが、一方で手こきでは陥落したくないという、ささやかな矜持《きょうじ》もあった。

簡単には白状したがらない容疑者の気分だ。山本は脚を突っ張らせた。

階下は、まだ盛り上がっている。塩辛い声の男が『函館の女』を熱唱し始めた。騒音に近い歌いっぷりだ。

射精を遅らせるべく、そのやかましさが山本の心を軽くした。

一期一会。

――やるか……。

山本もアケミの股間に手を伸ばした。パンストと毛糸のパンツの奥から、じっとりとした湿り気が上がってきている。

「あんっ」

アケミはしゃぶっていた乳首から唇を離し、目を丸くしたが、取り立てて抵抗はしなかった。

「なんか、もう、止められないね、この流れ」

アケミの目の下は真っ赤に腫れていた。

「俺もだ」

「舐めてもいい？　ずっと舐めてないのよ」

耳朶まで真っ赤にしている。

いいも、悪いもない。舐めて欲しいと男根がビクンビクンと揺れている。

「この部屋では、主導権はあんたにある」

刑事のプライドでそう答えた。

「そっか。好きにしていいって、ことだね」

山本は頷いた。

風俗しか知らないのだから、それ以外に手立てがないというのが正直なところだが、それは言わなかった。

「それじゃ……いただきます」

アケミが山本の顔前に臀部を置くような体勢で、跨ってきた。

黒いパンストを穿いたままの豊かな尻が目の前に広がる。内側の赤い毛糸のパンツが透けて見えた。なんとも言えない生活感を醸し出している。

山本はそのパンストの上縁に手をかけ、腰骨のあたりから思い切り引き下ろしにかかる。尻が大きくてなかなか脱がせられない。

「うんこらしょ」

毛糸のパンツの下にはさらに白いナイロンのパンティを穿いていた。寒い地域の女は重装備だ。それも引っ張る。

「あっ、ちょっとっ、待って、いやんっ、私、のお尻大きいの。いきなり見せるの恥ずかしいっしょ」

「いや、脱がせがいがある」

尻の半分ぐらいまでが捲れてきた。

尻の割れ目が出てきて、まんちょより先に後門の窄《すぼ》まりが見えてきた。

出張先の鳴門《なると》海峡で見た渦潮《うずしお》のようだ。

微かに匂った。山本は条件反射的に鼻を付けた。匂うものはなんでも嗅ぎたくなる習性だ。

これは職業柄ではなくただの本性だ。

「あっ、山本さん、どこに鼻をつけてんのさ。そこはだめだよ。あっ、舐めるところ、違うっしょ」

アケミがデカい尻を、ぐっと押しつけてきた。目の前が真っ暗になる。むわっとまん臭が広がった。

「うぅうっ」

藻掻《もが》きながら、残りの半分をずるっと下げた。

「いやーん」

アケミがやけに可愛らしい声を上げて、尻を跳ね上げた。全尻《ゼンケツ》が露わになった。本当に大きい。山本は小学校の運動会でやった玉転がしを思い出した。あの玉に似ている。そうでなければ雪だるまの下半身だ。

その巨尻が反射式の石油ストーブの光に照らされて赤く染まっている。ピンク映画のワンカットのようにエロい。

「なまら恥んずかしいべ」

照れ隠しのように、山本の男根をしゃぶり始めた。

「おぉおお」

アケミの生温かい口蓋のなかに棹の半分ほどが収められ、その先端をじゅるりじゅるりと舐め上げられた。ソフトクリームを舐めている按配だ。鰓の下から亀頭の裏側に向けて舐め上げられると、息が止まりそうなほどの気持ちよさに包まれる。

山本は鼻息を荒くしながら思った。

――人生は流転する。

真冬の北海道の波止場町。

初めて入ったスナックの二階で、出会ったばかりの女にちんぽをしゃぶられている。わからないものだ。

ぬぱっ。べろっ。しゅぱっ。

アケミはしゃぶりながら手筒も上下させてくる。

「うぬぬっ」

腑抜けた声を上げさせられる。

『刑事とは、みだりに、他人に感情を見せてはいけない』

警察学校でそう習って以来、山本は娼婦たちからも『表情ひとつ変えずに射精する男』と気味悪がられたものだ。

「あぁあ、気持ちいいっ」

顔を歪ませて喘ぎ声をあげた。辞めると決まったとたんにこのざまだ。

「もっと気持ちよくなって」

肉棹の根元を押さえたアケミの顔が上下しだす。その速度がどんどん速くなる。

「おぉおおお」

三十三年間、堅持してきた座右の銘が、木端微塵《こっぱみじん》となる。山本は男の意地として、必死の反撃に出た。

3

「あぁん、山本さん、だからそこはだめだってばっ」

尻の窄まりを舌先で突くと、案の定、アケミのフェラチオが緩んだ。

九死に一生を拾う思いだ。

飛び出しそうになっていた百万匹の精子の大群が、すんでのところで踏みとどまる。

「ふぅ」

ひと息ついたところで、目の前の尻山を左右に大きく開いてやる。つられて尻の谷底にある女の渓谷が、くわっと開き紅色のさまざまな具肉が溢れ出てくる。

尻は剥き出されているが、

「あんっ、いやっん、そんな、おっぴろげないで」

「ぐちゃぐちゃになっている」

山本は見たままを口した。

「なんて言い方するのよ。ぐちゃぐちゃなんて、ひどいわ」

そう言ったもののアケミは、卑猥な表現を聞かされ、さらに発情したようだ。襦袢を着たままの背中を丸めて一気に舐めしゃぶり始める。

山本は自分の指を舐めた。本能の赴《おもむ》くまま秘孔に指を入れる。人差し指と中指を絡めて二本挿しにした。山本の指は長い。子宮まで届く。

ぐちゅぐちゅと出し入れをしてやる。

「あふっ、おちんぽ入れられたみたいだ」

肉棹を握りしめたままのアケミが、こちらを向いた。巨尻の向こうに、小顔。遠近法で、尻がさらに大きく見えた。

「俺は、口でやられているのに、アソコに入っている気分だ」

「手なのになんだか、お互いやっている気分だね」

「そうかもしれない」

相舐《シックスナイン》めの体勢のまま、アケミが猛烈にしゃぶり始めた。山本は負けじと膣を指で掻きまわした。水飴のようなねとねとした液が指に絡みついてくる。

実際水飴と同じで、かき混ぜるほどに透明だった液が白くなっていく。

「あぁああっ」

まん臭も獣じみてきた。

山本は自分の射精を堪えるため、懸命に指を使った。捏ね繰り回し、肉棒のように出し入れした。膣がどんどん締め付けてくる。

アケミは尺八どころではなくなったようだ。

「いやぁあああ、もう直接、挿入してっ」

アケミが激しく叫んだが、すぐに声を抑えるように、亀頭をしゃぶった。階下に聞こえてはまずいからだ。じゅるじゅるっと吸われた。

「おわっ」

山本は身震いした。

飛び出しそうになっていた精汁はいったん下方に退いていたものの、吸われてまたぞろ上昇してきた。

ぐちゃぐちゃになっている肉溝を最大にまで広げ、表皮から顔を出している淫ら小豆を蛸《たこ》のように唇を窄めて、ちゅうちゅうと吸い上げた。

「ぁあああああっ。それ反則っしょ。ずるいっしょ。あんまりっしょ」

アケミは興奮して暴れた。サネを舌からを逃がそうと、尻を浮き上がらせる。

だが、山本はがっちり押さえ込んだ。

とにかく、先にアケミをいかそうと必死に舐めしゃぶった。花びらや尿道口、秘孔の周辺にも舌を這わせたが、基本はサネ責めだ。

さっき自分が乳首を舐められていたのを思い出し、同じように舐めた。男の乳首と女芽は大きさが同じくらいで、勃起の仕方も似ていると思う。

アケミに舐められ、射精したいほど感じたのだ。お返ししてやらねばなるまい。

容疑者を追い詰めるように攻め立てていく。

「ひゃっ、あはっ。いやっ。いやっ、もう昇きそう。クリで無理やりいかされるのは、いやよ。山本さんっ、ちゃんと、挿れてっ」

肉棹を握り締めたアケミが、ふたたびこちらを向いた。泣きそうな顔だ。

「よしっ。このまま、突っ込むぞ」

山本は身体を起こした。

アケミが阿吽《あうん》の呼吸で、布団の上で発情した猫のポーズを取った。

パンストや毛糸のパンツやナイロンパンティが脹脛《ふらはぎ》のあたりに絡みついたままだったので、片脚からだけ抜いてやる。

自由を得たアケミは、四つん這いのまま股を大きく広げた。

上半身は褞袍を着たままだ。

脱がしてやるほどの心の余裕は、もはやない。

もたもたしていると、精汁を溢してしまうか、さもなくば、縮みそうなのだ。五十五歳、踏ん張るにも限度がある。

布団の上に膝立ちし、アケミの巨尻をぐっと引き寄せる。

やおら完熟した女の秘孔に肉の尖りを押し込んだ。

ずぶっ。ずぶずぶずぶ。

「あぁあああああああっ。入ったぁ、大きいのが入ってくるぅううう」

膣の柔肉を押し広げて、固ゆで卵のような亀頭が進んでいく。子宮を叩くまで、なんとか噴き溢さずに済み男の体面を保った。

歯を食いしばり、ストロークを放った。鍛えている腹筋が波を打った。ビシッビシッと穿《うが》った。精子が溜まった亀頭の切っ先からわずかに汁が漏れ始めていたが、まだなんとか堪えられそうだった。

「あうっ、凄いっ。こんなの初めてっ」

アケミが、男根を愛でるように膣を狭めてくる。

「くぅうう」

山本も唸った。

射精感が一足飛びにやってくる。尻の頬を凹《へこ》ませて、ピッチを上げた。渾身の乱打を見舞う。

「あっ、ひょっ、ふはっ……私、おかしくなっちゃう。いやっ、いやっ、叫んじゃいそう」

アケミは両手で口を押さえた。

自分でも、階下まで声が届くと、わかっているようだ。

と、突然、下から村田英雄の『王将』が聞こえてきた。修造の声だ。大声で歌っている。それは二階で男女の営みをしているアケミを気遣うような大声でもあり、別れの挨拶をしているようにも聞こえた。

客たちも一斉に合いの手を入れている。

「あぁあああああああああ、おまんこの中が祭り状態。いくぅぅぅ」

アケミが極点を見た声を上げた。

「祭りには、花火だっ」

最後に子宮に衝突したところで、山本の亀頭も淫爆を起こした。白い液体花火が、膣の四方八方に飛び散らかっていく。

山本はそのまま、身体を前に倒し褞袍を着たままの背中に顔を埋めた。繋がったままだ。褞袍から綿の匂いがする。

ほっとするような匂いだ。そのまま、ふたりは布団の上に頽《くずお》れた。

「これですっきりしたわ。亭主とは、別れる」

浅い眠りから覚めたアケミが唐突に言う。

「俺もすっきりしたよ」

カッコつけて生きるのも、むなしくなった。四月からの警備会社への再就職なんて、どうでもよくなった。

「ずっといなよ。ここに」

「それもいいなぁ」

旅は、やはりいい。日常では出せなかった結論を出してくれる。もう、格好をつける人生とは訣別することにした。


昭和四十六年三月三十一日。

「山本先輩、本当に、再就職先の警備会社、断ってしまっていいんですか」

課長の今泉がポカンと口を開けたまま、しばらく閉じなかった。

開いた口が塞がらない、という言葉を具現化して見せているつもりだろう。

相変わらずの皮肉屋だ。

「心配するな。俺なりに、新天地を見つけたさ。じゃあ、これでな」

山本は警察手帳と手錠を課長の机の上に置き、踵《きびす》を返した。

「ちょっと、山《やま》さん。今夜は送別会が」

「あぁ、一応、俺がいたってことで、みんなで飲んでくれよ。記念品なんてものもいらねぇ。くじ引きの景品にでもしてくれよ」

捜査一課の部屋を出て、エレベーターで正面玄関に降りると、入り口の前に長い行列ができていた。

県警本部長が、本日限りの退職者たち、一人ひとりと握手を交わして見送っているのだ。

毎年見慣れた光景だった。

めんどうくせぇ。

山本は列に並ばず、もはや体の一部になったハンチング帽を目深に被り、とっとと外に出た。

「あんたぁ」

県警本部庁舎の前に、ゴム長靴に縕袍姿のアケミが立っていた。

すぐ脇に『嘘つきカモメ』のロゴ入りワゴン車。

「車で来たのかよ」

「うん。フェリーでね。ほら」

右手を挙げ、白い紙をひらひらとさせている。

「なんだよ」

「離婚届け」

「成立したのか」

「元刑事さんが私を一生守ってくれる、と言ったら、しぶしぶ判を押してくれたわ。手切れ金は、あのスナック一軒だけど」

「住む場所があればいい。一軒、落着だ」

「下手な洒落だね」

山本はハイエースの助手席に乗った。

もう県警本部を振り向くことはなかった。

第六章　墨東淫ら雨

1

向島である。

糠雨《ぬかあめ》の中、しぶきを上げながらやって来たハイヤーが料亭『葉月《はづき》』の前に止まった。

黒塗りのプリンス・グロリア。

十年も前の車だろうか、ずいぶんと古ぼけている。二本のワイパーがせわしなく動いていた。

まるで、自慰するときの美千代《みちよ》姐さんの指の動きのようだ。

二階の格子窓の桟《さん》に腰かけて、通りの様子を眺めていた長岡修造はさっと立ち上がり、紺絣の胸襟を整え、角帯を二度叩いた。

——さあ、仕事だ。

今夜は誂え品である淫棒の『挿し合わせ』の日である。

挿し合わせとは、仕立て屋で言うところの仮縫いのようなものだ。

具体的には、先だって指で採寸した女壺の深さ、幅、伸縮性に合わせてこさえてきた淫棒を、今夜、初めて生身のまん処に挿し込むということだ。

『仮挿し』とも呼ぶ。

修造は春画の描かれた襖の前に端座し得意客を待った。

襖絵は葛飾北斎《かつしかほくさい》の名作『万福和合神《まんぷくわごうじん》』からの一枚だ。男女がまさぐり合っている様子を襖越しに覗いてしまった娘が、手淫をしている図である。

女陰がふたつ見られるのが特徴で北斎一八二一年の作。

ここにあるのは、かつて修造が模写したものだ。

その襖が、がらりと引かれた。

「師匠。お待たせしました」

薄桃色の江戸小紋《えどこもん》に名古屋帯、香の匂いをたなびかせた風野《かぜの》美千代がおっとりとした足取りで、座敷に足を踏み入れてきた。

四十路《よそじ》に手の掛かったばかりの浅草芸者。特徴のある大きな目がいまは好奇心でさらに見開かれている。

男勝りな性分なだけ、熟れ盛りには、もう一歩と言った雰囲気だ。気《き》っ風《ぷ》と芸の腕だけでは芸者の値《ね》は定まらない。色が伴ってこそ一流となる。

当の美千代がそれを一番知っている。だから修造を頼ってきたというわけだ。

「さ、さ、どうぞ」

修造は、奥の方に手を向ける。

中央に二枚重ねた敷布団が敷いてある。無用な掛布団はない。白い敷布がピンと張られていた。布団も敷布も日本橋の西川《にしかわ》から今朝届いた新品だそうだ。

「捲《まく》りでいいかしら」

美千代が、北斎の襖絵を見やりながら言った。

「よござんす。ただお召し物が皺になっても知りませんよ」

「構うものですか。どうせ、この後は、脱いで旦那に抱かれるだけなんですから。ここで、もう一度帯を締め直すのが面倒なだけ」

美千代が舌を出して笑う。

美千代の旦那とは興行師の奈良村聡《ならむらさとし》で、かつては名画座を二座所有していたが、いまはそれらを手放し、キャバレーや民謡居酒屋に踊り子や音曲師を手配するハコ屋をやっている。

小商いになったとはいえ、まだまだ芸者ひとりを抱える程度の器量はあるようだ。

「へいっ、ならば、昆布《こぶ》のままで」

修造はお辞儀し、正座のまま膝を回して、くるりと布団の方を向いた。

美千代が、布団の上に肉付のよい尻を置き、着物の裾を左右に分けた。ゆっくりと脚を開く。

太腿のあわいから、ほのかに石鹸の匂いが漂ってくる。修造はすかさず、その腰に枕をあてがった。

「湯には浸かってきましたから」

美千代が、目の縁を紅く染めて言う。

「それでは、あっしの方も支度を」

修造は、正座したまま布団の脇に置いてあった京紫《きょうむらさき》の風呂敷包みを解いた。輪島塗の桶《おけ》と桐の箱が現れる。桶は一人前の寿司桶のような大きさだ。枕元にあった魔法瓶を取り、桶に湯を注ぐ。室内に湯気が立つ。

「あら、師匠、これはどんな趣向で？」

いつの間にか白足袋を脱いだ美千代が、掠れた声をあげる。

「男の棹は滾《たぎ》っているものでござんす。形と硬さだけなら、大工の棟梁《とうりょう》にもこさえられます。あっしは淫具屋。温みと匂いにこだわります」

修造はそう言い、桐の箱の赤い組紐をゆっくりと解き始めた。出来るだけ時間をかけて解く。

これも焦らしの『その一』だ。

「師匠、先っちょの彫りは、どの神様にしてくれたんですか？」

美千代がM字開脚したまま、修造の手元を覗いている。

いつ頃からだったかなど忘れたが、張り形の亀頭冠部分に七福神の顔を彫るようになった。女の股の間に福を入れてやりたいという気持ちからである。どの福神にするかは、得意先の気性で決めている。

紐を解き終えた。

「毘沙門天《びしゃもんてん》でございます」

長さ十寸（約三十センチ）。直径一寸二分（約四センチ）。長く太い、擂粉木棒のような張り形を取り出した。

亀頭冠部分に、兜《かぶと》を被った毘沙門天の顔が彫り込まれている。白い木肌だ。

「あら、戦《いくさ》の神様ですか？」

美千代は、首を傾げた。

「へぇ。姐さんのアソコは、男に勝つためのお道具。何よりも武運を願っての抜き差しが一番かと。独立なすってご商売を始めるときには恵比寿《えびす》か大黒天《だいこくてん》を彫って差し上げます」

まん処に願掛けすると御利益があると、修造は勝手に信じている。淫具屋にはそうした信念も大事である。

「材質はヒノキとかですか？」

美千代が桶から上がる湯煙を見やりながら言う。ヒノキの風呂桶を連想したらしい。

「青森産のブナです」

「ブナ？」

意外そうな顔をした。芸者は高級品にこだわる。ブナなど、どこにでもある木ではないか？とその顔に書いてあった。

「ブナのことを『攻撃的広葉樹』と呼ぶ学者もいるそうです。どんな地帯にも生息し、その領域を広げるからです」

「まぁ、それは芸者冥利に尽きるわ。それで手まんを重ねながら、お座敷で踊ったら、男がどんどん寄ってきそうね」

「そういう願いが込められています。向島一帯の料亭から美千代姐さんに声がかかるようにと。それと、これをこうやって湯に浸しますと、男の棹の感触に似てきます。五分ほど、お待ちを」

修造は張り形を桶の中に沈めた。

「待っている間に、まん按摩《あんま》を」

そう水を向けると、日頃から勝気な目をしている美千代が、ちょいとはにかんだような表情を浮かべた。立てた膝もゆらゆらと左右に揺れている。

「今夜はその必要はないのですよ。あれは按摩ではなくて、まんの寸法を取るためにやったまでで」

修造は苦笑いをした。まん按摩とはよく言ったものだ。

仕立て屋の採寸と同じように、淫具屋も女子《めこ》の寸法を測る。それも巻き尺なんぞを使うのではなく、己の指で採寸する。

「もう一回、寸法を取ってもらいたいわ」

美千代は膝頭をさっと開いた。石鹸臭に混じって生臭いまん臭も伝わってくる。

「しょうがないですね。では、お誂え品が温まるまでの手遊びに」

修造は、ずいっ、と膝を進め布団に上がった。開脚した美千代の正面に座る。股間が目に入った。

漆黒の繊毛《せんもう》は小判形に刈り揃えられている。小判が好きらしい。女子に小判と洒落てみたくなる。次は張り形の尖端は金の小判模様にしてやろうかとも胸底で毒づいた。

その下の亀裂は二寸。まだ肉襞は閉じている。

股の真ん中に筋が一本、ほんの僅かに開いている隙間から透明な液がキラキラ光って見えた。

「では、お調べを」

「いっぱい調べて」

2

「前の時にも思ったことですが、右の花が、左に比べて少々肥大してますな」

押し開いた花を右の指腹で、まんべんなく撫でまわしながら、おまん処に修造は顔を近づけた。

「それはどうしてでしょう？」

美千代が眉を寄せた。

「右の花ばかりを舐められる率が高いんでしょうな。不思議なもので、どちらかが成長しているものなんです。美千代姐さん、甘噛みもよくされているんでしょうな」

乳首も同じだ。むしろ左右対称などめったにお目にかかれない。

「そんなぁ。左も舐めてなんて言えないわ」

「左をご自分で弄ると、均整がとれます」

「師匠、左を噛んで、ちょいと引っ張っておくれよ」

美千代が掠れた声をあげる。

「いやいや、そいつはご法度《はっと》で」

修造はまん処から指を離し、懐から手拭いを取った。これにて仕舞との報せ《サイン》である。淫具屋稼業、越えてはならぬ一線がある。使うは指までが不文律だ。

舌や棹を使うのは、命を懸ける覚悟の時だけである。

美千代の瞳に狼狽の色が浮かんだ。

「ごめんなさい。指だけでいいです。ほんの少し花の引っ張りのコツを教えてくださいな」

と、美千代が殊勝なことを言う。

「そうですか。いずれ御真中口《おまんこう》をほぐしておいた方が、毘沙門天もすんなり貫通《とお》るかと思いますので、それでは」

修造は再び身体を屈め、大開きになったままのまん処に指を伸ばした。修造の方にも魂胆がある。

「そうですとも。ほぐしていただかないと……おまんこ」

御真中口は、女陰の俗称である四文字言葉の、江戸言葉による語源とされる。

女の身体の真ん中だからである。大奥女中が御をつけたというのだ。対して西国では直接的にいう。御女子《おめこ》──そのものである。

「あんっ」

花を揉みほぐすと、粘り気の強い蜜がとろとろと溢れ出てきた。

中指と人差し指を重ねて、秘孔にぬるりと潜り込ませる。肉層はねっとりしていた。

御真中口——ぬる燗状態。

「先月よりも深くなりましたか」

指の付け根まで挿し込んだ。子宮に指先がほんのわずかに触れる。

「はふっ。知りませんっ」

膣袋がぎゅっと締まってくる。修造は指を鉤形に曲げた。膣の天井を、くちゅくちゅと掻いてやる。

「あひょっ、ふはっ」

美千代の太腿が、ぷるぷると震えだした。

人差し指と中指で、柔らかな膣壁を掻きながら、親指をそろりと淫核に伸ばした。包皮に隠れたままの芽を、ちょんっと潰してみる。

「穴と豆の間隔、間違いないかと」

「いやぁあぁあああっ」

膣層が波打った。淫核を押しながら膣層を掻きまわしてやる。美千代は後頭部を倒し、首に筋を浮かべた。修造の指を伝ったとろ蜜が、手首にまで流れてくる。

「馴らしはここまで」

修造はさっと手を引いた。指で昇天させてしまっては、淫具の威力を半減させてしまう。

「嘘っ、そんな、いやっ」

美千代が、自分の右手をサネに伸ばし、包皮を剥いた。紅い突起がにょきりと現れる。

巨サネである。美千代の自慰癖、もはや病膏肓《やまいこうこう》に入る状態ということらしい。

これ以上触れてはならぬ。

修造は、美千代の腕を鷲掴み、まん処から払い退《の》けるや否や、たちまちのうちに、湯桶から毘沙門天棒を取り出し、ぶすりと挿し込んだ。

たっぷりと湯を吸ったブナは、木肌も白から焦げ茶に変わっている。

「うわぁあああああ」

美千代が一気に背中を反らし、尻を掲げてきた。全長十寸、直径一寸二分の模造淫棒の三分の二が膣層に潜り込んでいく。残りのはみ出した部分が把手《とって》となる。

淫核突き用の枝は下に向けてあった。

そうそう簡単にサネを弾いてやってはならない。淫具とは、焦らし、焦らし、楽しむものである。

「姐さん。温もりはどうでしょう？」

ゆっくりと抽送してやりながら聞く。

「はうっ。本当に、男の人の感触に似ている。膣の肉が吸いつきたくなります」

美千代がもどかしそうに言う。

修造が、ゆるゆると棹を動かしているのに対して、美千代は小刻みに腰を打ち返してくる。早く頂点を見たくて急《せ》いているようだ。

「膣袋《なか》がだいぶねっとりしてきましたね。まるで水飴を捏ねているようだ」

徐々に出没運動の速度を上げていく。棹の挟まった秘孔の隙間から、粘り気のある、しかも透明よりも白に近い、まるで白糊のような蜜が垂れてきた。

「あんっ、これはまさに私のまん壺にぴったり。尺も太さもお見事。これは師匠の張り出し具合で？　ぁあ、抉られる……」

美千代が、修造の乱れた紺絣の裾から、ぬっと手を突っ込んできた。白褌の股を手のひらで包み込み、勃起のほどを確認している。

修造、恥ずかしながら勃起していた。いかに商売とはいえ自分のこさえた張り形で悶える女を目の前にしたら、それは勃つ。

「どうしても、自分の分身になりますさぁね。湯屋でほかの男の逸物も覗きますが、勃ったものとなると別です。いや、他人のそんなもの見たくもねぇっすがね」

ぬんちゃ、ずんちゅと、ブナの張り形を出没させた。一度大きく引きだすと、毘沙門天の顔がまん汁でドロドロになっている。再び子宮にむけて落とし込む。

「あっ、あっ、いい気持ちっ」

ほんの少し捻りを加えてやると、鰓が思い切り、柔肉を抉った。

「ひっ、回転も凄くスムーズ」

木肌にはたっぷりと鑢《やすり》がかけられている。

つるつるなのだ。

その上、湯とまん蜜で滑りやすくなっている。

美千代の視線が、修造の股間に向けられている。脳内では、生棹を妄想していることだろう。

「なら、そろそろ枝の刺激も加えましょう」

把手にあたる部分をくるりと回した。棹の中腹部分から伸びた枝が、ピタリと肉芽に触れる。

包皮から剥きだされているので、直接だ。

ズキンと疼きが広がったはずだ。

そのまま、ずいと押した。

「くぅー、昇くぅううう」

美千代の顔がくしゃくしゃになった。がくんがくんと尻を打ち返してくる。

枝の先端を、さらにぐいぐいと押し込んでやる。肉芽がまっ平になるほどに押してやる。

「うわぁあああああ」

美千代が絶句した。

一回、昇天したようだ。

秘孔からあふれ出た白蜜が、尻の割れ目に向かって、だらだらと流れ落ちていく様子が、いやらしい。

修造は、張り形を挿し込んだまま、その尾から手を離した。

美千代は、荒い息を吐いたままだ。額に玉のような汗を浮かべている。しばらくして、ぬるりと張り形が押し出されてくる。毘沙門天の顔から湯気が上がっているように見えた。

「修正のしどころがわかりました。二週間お待ちください。挿すのが楽しくてしょうがない一品をお届けに参ります」

美千代に背を向け、湯桶に向かおうとした。

「！」

立ち上がろうとした時だ。膝立ちになった修造の股間に美千代の手が伸びてくる。

「修造師匠っ」

「触るは、ご法度」

「ちょっとだけよ。生棹を、ほんのちょっとだけ」

懸命に修造の白褌の腿の付け根の隙間から、指を潜り込ませようとする。

「それは、なりませんよ。あっしも淫具屋が稼業で」

焦らし『その二』を入れる。

「ちょっとだけ。先っちょの硬いところをツンツンしたい」

キャバレーで、ボーイに隠れてひそかに手まんを求める酔客のような執拗さだ。

（このスケベが）

とはいえ、そこが付け目だ。

美千代の人差し指が、皺玉まで伸びてきた。白褌の締め込みを今夜は緩めてある。

「なら、姐さん、あっしの相談にも乗ってもらえますかね」

修造は今夜の本題を切り出した。

「なんですか、師匠。改まって。せめて皺玉だけでも、しゃぶらせてくれたなら、乗らないこともないですよ」

「玉だけですね？」

「棹は握るだけにします。決してしゃぶりません」

いじらしいことを言う。修造は、白褌の袋の部分をぐいと脇へ寄せた。女がパンティの股布をずらすのと似た按配だ。

玉と肉棹がポロリと零れ落ちる。

美千代が布団の上で蟹股になり、金玉に唇を寄せてきた。修造の頭蓋の中で、どういうわけか並木路子《なみきみちこ》の『りんごの唄』が流れ出した。

片玉をがっぽり咥えられた。片側だけとはいえ金玉を口の中に含まれるのは、なんとも微妙な気持ちである。

修造は、格子窓の桟に片足を上げてしゃぶらせた。

「姐さん、奈良村の旦那のところに、上方から三味線師が、ひとりやってくるそうですね。なんでも姐さんの踊りの地方《じがた》を務めるという」

「んはっ」

美千代がコクリと頷き、棹に手を伸ばしてくる。かちかちに固まっていた。

この場を奈良村に踏み込まれたら、ふたり揃って大川《おおかわ》に沈むことになるだろう。

淫具屋は、旦那や置屋《おきや》公認の稼業だ。だがそこには、客と決して男女の関係になってはならないという不文律がある。

美千代が口から片玉を抜いた。

「奈緒子さんとかいう方ですね」

修造はぎくりとした。金玉が震えたかもしれない。

「名前までは聞いていませんが」

空とぼけた。

美千代が棹の握りを強めてくる。

「私の地方をするという話は流れました。奈緒子さんとやらは、うちの旦那の仲介で青森へ行くことになるようですよ。当の本人は知りませんが……なんでも、その三味線師、ずいぶん前に、あっちのほうで足抜けしたとか」

そう聞いて、修造の亀頭も震えた。

三年前に青竜興行の追手を大阪で躱《かわ》した奈緒子は、その後、大津、熱川《あたがわ》、下呂《げろ》、伊香保《いかほ》と温泉場を回りながら、先ごろ浅草に辿りついた。

互いに再会する頃合いを見計らっていたところだ。

そして二週前、北東北最強の興行師、寺森彰がようやく大往生したという話が伝わってきた。

続いて修造の拳銃乱射、殺人未遂事件も二か月前の四月二十五日で時効となった。

ところが青竜興業は、それでも修造と奈緒子の捕縛を諦めていないらしい。跡目を狙う若頭の一派が、その立場を優位にするためにも、先代親分の墓前で、奈緒子の股を開かせたいのだろう。

青竜興業への引き渡しはなんとしても阻止せねばならない。

修造は美千代の口から金玉を引き抜き、亀頭をその眼前に向けた。

「修造さんとやりたい」

美千代が囁くように言う。その目が発情していた。

「やるんでしたら、肚《はら》を括ってもらいますよ」

情報を探るために接近した相手だが、もはや自分の味方にせねばならない。奈良村を動かせるのはこの芸者だ。

「括りますとも。でもどんなふうに括れというの？」

蟹股でサネをくじりながら、美千代が上目づかいに見上げてきた。

「姐さん、ケツをまくって、壁に手をついてください。挿し込みながら耳打ちします」

「えっ」

瞳に狼狽の色を浮かべながらも、美千代は江戸小紋の裾をまくり帯の後ろに挿し込むと、立ち上がって白壁に手をついた。

ぷりっとした尻《ケツ》を差し出してきた。

「姐さんの、いまひとつ足りない色気を俺が磨きだしてやります」

尻の割れ目の真下で、真っ赤に燃えている淫処に本棹をぶすりと挿しこんだ。

「覚悟が決まりましたよ。間男《まぶ》になってくれるんですね。あっ」

修造は本棹を抽送させた。

土手を美千代の尻山にぱんぱんとぶつけながら、肉同士を擦り合わせた。

「あっ、やっぱり、実物は違いますね。格段にいいです」

そう言う美千代の膣層は、先ほど差し入れた淫具で程よくほぐれているせいか、男根にピタリと張り付いてきた。

「奈良村の旦那に、いっそ東北に進出なさってはと吹き込んでほしい」

腰を振りながら耳元に囁いた。亀頭が子宮を叩く音がする。

ぬんちゃ、ぬんちゃ。

「あぁ、修造さん何を企んでいるんですか。あぅ、おっぱいの方も、少しは弄ってください」

修造は胸襟は開かず、袖の下からすっと両手を挿し入れ、乳房を揉んだ。手のひらに硬くなった乳豆が当たる。

「やったからには、美千代姐さんは、もはやあっしの情婦《いろ》ですよ。今夜からは、あっしのために稼いでください。そうでねぇと、このことバラしますよ」

ぶっきらぼうに言ってやる。

「あぁ、はいっ。いやっ、これからもいっぱい挿し込んで、どんどん汁を流し込んでください」

「あいわかった。穴の中に精汁をたっぷり流し込んで、姐さんをあっしの色に染めてみせやすよ」

精汁で女を自分色に染める。情婦を「イロ」と呼ぶのはそんな意味も込められている。

修造はその夜、美千代を何度も狂乱の果てへと導いた。

3

台東区浅草三丁目。浅草寺《せんそうじ》の裏側、言問通りを渡った先のこの一帯は、通称『観音裏《かんのんうら》』と呼ばれる花街である。

置屋、検番《けんばん》、料亭、小料理屋、スナックが居並び、空が菫《すみれ》色に染まる頃には、辻々から三味線の音やら長唄が聞こえてくるという江戸情緒が溢れた通りだ。

雨上がりのその日。

修造は白紬《しろつむぎ》に黒の羽織、胸襟の中に淫棒を呑んで、夕闇迫る裏通りを歩いていた。

仲見世《なかみせ》で買ったカンカン帽も被っている。

『ちん、とん、しゃん』の江戸三味線の音に混じって、津軽三味線の野太い音が響いてきた。

野太いがどこか、艶っぽい。

中川奈緒子の音だ。この世にひとりしかいない津艶流の弾き手だ。音が、喘ぎ声に聞こえてくる。

それは懐かしい『あっ、あんっ、いや』と奏でる『津軽まんじゅう節』の旋律だった。

奈緒子め、まんじゅうに挿し込みながら、弾いていやがるな。

津軽弁で女陰はまんじゅうという。修造の瞼に奈緒子のふっくらとしたまんじゅうの形状が浮かんだ。その中心に椅子から伸びた淫棒が刺さり、三味線の胴箱から伸びた突き棒が、サネを震わせているはずである。

そうでなければ、あの艶音は出ぬわ。

修造は先を急いだ。

と、路地裏から黒い影が現れる。その数を目で追う。三人。全員、黒のダボシャツに腹巻。ズボンは灰色だった。

「女衒風情が白紬に黒羽織とは、粋がりすぎでねぇのがよ、おいっ」

先頭の角刈り頭が言う。ここらあたりの侠客が使う江戸弁とは違う。東北訛りだ。

「いやいや、一応、言わせてもらえば、あっしは女衒ではなく、職人で」

修造は懐に手を突っ込んだ。

「かっこつけてんじゃやねぇべよ」

右側にいたひとりが、腹巻の中に手を突っ込み匕首を取り出した。暮れなずむ路地に刃先が揺曳《ようえい》する。

「俺を殺《や》っても、もう寺森さんには褒めてもらえんだろう」

修造は、目に力を込めた。

「うっせっ。おめぇを殺ればよ。奈緒子が観念するべ。何としてでもあの芸者を青森に連れて帰らねば、津軽ヤクザの名が廃《すた》るってもんでぇ。奈緒子にはまんじゅう見せさせて、たっぷり稼がせねばな」

ぬっと刃先が伸びてきた。

修造は体を躱して路肩に飛んだ。

灯が入ったばかりのスナックの軒灯を倒す。派手な音がした。スナックの中で人が動く音がした。

「死ねや」

別な男の匕首が飛んできた。

修造の肩を掠める。修造は忍ばせていた淫棒を取り出した。毘沙門天の方だ。

「なんだそりゃ」

後方に控えていた三番目の男がせせら笑い、両手で構えた匕首で突進してきた。

その時、突如スナックの木製扉が開いた。

「うえっ」

匕首が扉に突き刺さる。

「きゃぁああ。賭場荒らしよ、若頭《カシラ》ぁ、賭場荒らしだよ」

スナックから顔を出した美千代が大声で叫ぶ。

「ち、違う。俺たちは、青森の……」

ひとりがそういったときには、すでに周囲に吾妻橋組《あづまばしぐみ》の印半纏《しるしばんてん》を着た男たちが十人は集まっていた。

いずれも木刀を手にしている。

「やいっ、うちの賭場に匕首刺しこんでおいて違うもへったくれもあるか。てめぇら、一億、二億じゃ済まねぇぞ」

スナックから押《お》っ取《と》り刀《がたな》で出てきた若頭の高倉《たかくら》が、手下たちに目配せした。

修造がスナックの中を覗くと、ボックス席で界隈の旦那衆が花札を手に、ポカンと口を開けていた。その中に美千代の旦那、奈良村聡の顔もある。

これで奈良村興行は青森進出のとば口を開いたことになる。

本州の北端を押さえることで、興行の幅が大きく広がる。はさみ将棋のようなもので、その間の様々な土地の興行師とも話をつけやすくなるからだ。

勝負は一分でついた。

青竜興行の刺客たちは、地元ヤクザに引き立てられていった。

「長岡。取引は完了だ。あとはこっちで話をつける。上にいる三味線師は好きに連れて帰《け》えっていい。検番には俺から話を通しておく」

バリっとした紺色の背広を着た奈良村が通りに出てきて、そう言った。

「社長、これはどうも。あっしはただ美千代姐さんにこいつを届けにきただけでして。なんとも、剥き出しで、かっこが悪ぃ」

修造は、毘沙門天の顔を彫った淫棒を、扉の脇に立ったままの美千代に差し出した。

「あら、師匠。ついに完成したのね」

美千代が照れ臭そうに俯き、張り形を両手で受け取り奈良村の方を向いた。

「師匠があんたの形で作ってくれたのよ」

美千代の方便に、奈良村が柄にもなく顔を赤くした。

「長岡よぉ。美千代に置屋を持たせることにした。あの三味線師、美千代の家の娘ということでいいよな。その方が検番にも通しやすい」

まったくもって抜け目ないことを言う。

芸者は置屋に入らなければ座敷には出れない。

「それはもう、あっしは社長の言いなりで」

頭を下げた。

淫具屋商売、頭を下げて得になることはあっても損になることはない。

4

スナックの二階から懐かしい顔が降りてきた。淫三味線を抱えた中川奈緒子だ。六年前より、ふくよかになった印象だ。黒地に花火の柄の浴衣を着ている。

「あんた……」

すっと奈緒子の頬に二本の筋が流れた。

美千代がしゃしゃり出てきた。

「積もる話もあるでしょうが、まずは向島に戻りましょう。私が部屋を取ってあります。祝杯でも」

置屋の女将になると決まったとたんに、まるで遣り手の口調になっている。

車を拾って、葉月に戻ることにした。

吾妻橋を渡ると同時に、驟雨《しゅうう》に見舞われた。

梅雨の湿り気のある雨というより、夏の到来を告げる爽快な雨だった。車中で美千代と奈緒子が演目について相談していた。地方と立ち方の違いはあれども、どちらも芸者。「ここでポンと手を打って回転するの」とか「ならそこで私が、三味をいったん止めて、清元《きよもと》を一節、唸りましょう」などと盛り上がっている。

葉月の二階の部屋にしけこんだ。

「料理が来る前に、三人で固めの盃をやりましょう。姉妹盃、いや母娘《おやこ》盃ね。酒はもちろん師匠の……」

美千代が言い出した。すでに着物の上から股間を押さえている。

「えっ？」

修造は仰け反った。

「美千代お母さん、いまからですか？」

奈緒子もこの盃の意味は知っているようだ。

前身頃《まえみごろ》の合わせの隙間から、すっと右手を入れて股を確認しはじめた。女の嗜《たしな》み、陰毛のあたりを撫でている。

「はい、いまからよ。奈緒子さん、来週からでも、お座敷にあがりたいでしょう」

美千代は率先して、敷いてある布団に上がり四つん這いになると、さっと裾を捲った。桃色の襦袢と共に、真っ白な尻山と一昨日《おととい》刺したばかりの紅いまんじゅうが現れる。

「そうですよね。お母さん。早いに越したことはありませんね」

奈緒子もその横に四つん這いになり、浴衣の裾を端折った。

年齢《とし》は奈緒子のほうが若干上なはずだが、美千代が置屋の女将と決まった以上『お母さん』と呼ぶのが花柳界の習わし。

美千代と奈緒子の巨尻がふたつ並んだ。

割れ目の色は、美千代が濃い紫色、奈緒子が鮮やかな桃色であった。

「奈緒子の尻を見るのは十年ぶり。濡れているな」

半開きになった亀裂から、濡れた花が顔を出していた。ねじくれている鶏冠《とさか》のような包皮から真っ赤に腫れた真珠が零れ落ちている。

「はい。淫三味線で豆も穴も突いておりましたから」

修造は、羽織と着物を脱ぎ棄て、真っ裸になった。隆起した肉棹をさすりながら、まず美千代の割れ目を目指した。

奈緒子に早く挿したくてしょうがなかったが、この場合、母盃に先に挿し込むのが筋だ。逆に流し込みは娘盃でよい。

「では、淫義の道に則り美千代姐さんから挿し込みます」

修造は腰を送った。亀頭がぬるっと膣口にめり込んだ。亀頭冠が入ったところで止める。棹は外に出たままだ。

亀頭の鰓が、膣層をぐいっと押し広げているが、じわじわと圧迫され始めた。

「ぁあぁ、いいわ」

美千代の尻山がぶつぶつと粟立った。

浅瀬で、しゅしゅしゅっと三回擦り、一拍置いて、ずどんっと最奥まで挿し込んだ。

「うっわぁああ」

美千代が両手で敷布を握りしめ、いやいやをするように頭を振った。

「母盃のまん汁、掬《すく》いあす」

修造は、賭場の壺振りが『賽子《さいころ》入ります』と言うのと同じ調子で言った。

鰓を回して蜜をたっぷり亀頭や棹に擦り付ける。

その蜜を落とさぬように、ゆっくり抜いた。

赤銅色の肉棹に白糊のようなとろ蜜がたっぷり付着していた。

「はぅぅう。私のそのまん汁を奈緒子さんへ」

「承知しております」

抜いた亀頭を、今度は奈緒子の割れ目に差し向けた。十年ぶりに触れる粘膜である。美千代よりも亀裂は短いが、花は同じぐらいの面積だ。

どっぷり濡れていた。

「逃亡先の方々で使ったか？」

つい、聞いてしまった。嫉妬《しっと》がないわけではない。亀頭も青筋を立てていた。

「一途に、守ってまいりました」

奈緒子が答える。

そんなはずはない、と思うのだが、そのいじらしい返事に泣けてくる。とことん可愛がってやりたい。

「そうか。ならば、娘盃に、挿し込みます」

奈緒子の尻山を両手で支え、懐かしい桃色の肉裂に美千代のまん蜜にまみれた亀頭を滑らせた。

「あぁああ、修造さんっ」

奈緒子が、両手を伸ばし、上半身をうつ伏した。尻が高く上がり、膣路はキュルキュルと窄まった。奈緒子のとろ蜜も湧き上がってくる。

「おぉっ。ふたりのまん汁が混ざりあってきたな」

どちらも粘り気が強い。二種類の水飴が絡み合って、よけいに粘度を増してきているようだ。

亀頭だけで、ねちゃ、くちゃっ、ぬちゃ、と三度擦り、ずずずーんと底まで下ろす。

「はふぅううう……この気持ち良さ、十年ぶりで」

奈緒子が四肢を広げてのたうった。

「ここからは、思いのままにさせてもらう」

両手を伸ばし、奈緒子の浴衣の胸襟を開き、乳房を取り出した。小豆色に尖った乳豆をキリキリと摘まみながら、腰も送った。

素人衆を仕込むように、優しく丁寧な愛撫など施さない。色の道、淫の道に生きる者同士、きつめに攻め立ててやる。

奈緒子のまんじゅうも火照っている。バックから出没運動を繰りかえす修造の肉茎は、まるで溶け流れた蝋《ろう》のような筋をいくつも浮かべていた。

「あっ、はうっ」

奈緒子が背を反らす。尻山に玉のような汗がいくつも浮かんでいた。

と、隣でこの様子を眺めていた美千代が、懐中から毘沙門天棒を取り出し「私には、これを使って」などと言う。

「わかりました」

片手に淫棒を持ち、美千代の秘孔に当てながら、奈緒子の淫壺に自棹を送り込んだ。

「あぁあああぁ」

奈緒子の腰が崩れた。かまわずずいずいと抽送する。

仰向けになった美千代には淫棒を挿し込んだ。同じリズムで出し入れする。美千代の肉層も伸縮を繰り返しているのが分かった。

自ら胸襟を開き乳房を揉んでいる。仰向けの美千代とうつ伏せの奈緒子。表裏の日々を送ってきたふたりの芸者の淫穴を同時に攻め立てる幸福を授かった。

修造の額からも汗がしたたり落ちる。

「あっ、この盃、時々やりたい。奈緒子さん、ダメかしら？」

美千代が上擦った声をあげる。

「あっ、はうっ、お母さんさえよければ、私は……構いません。ねぇ、お父さん」

まん処に太棒を挿したまま、奈緒子が顔をこちらに向けて言う。

目が切なげだ。

「芸者衆ふたりが合意しているのなら、あっしがどうのこうのと言える話でもありますまい」

修造は、尻を跳ねさせながら答えた。

「だったら決まり。師匠もこれからはうちの家に住めばいいわ。男衆さんも兼ねて、抱えの芸者が浮気しないように、お道具をつくってやってくださいなさいまし」

妙な話になったが、これも成り行き。

「よござんす」

修造は頷き、そこからラストスパートにはいった。ずちゅ、ずちゅ。

「あぁ、昇きます、うわぁあああ」

奈緒子の膣層が急速に窄まり、精汁をも搾《しぼ》り取るかのように子宮がせり上がってきた。亀頭が圧迫され、修造も極まった。

「んはっ、出る！」

自分の顔がいったん般若《はんにゃ》になった。

「盃にたっぷり注いでください」

「おぉおおお」

次の瞬間、ひょっとこ顔になった。ドクドクと出た。奈緒子の淫袋が精汁に満たされる。

「返盃を」

美千代が尻を振る。

亀頭から精汁を噴き零したまま、修造は美千代のまん処にも挿し込んだ。

果てのない夜が続いたのは言うまでもない。

※

令和六年（二〇二四年）九月。

「このところ売り上げが上昇しているってすごいですね」

目鼻立ちのよい女性記者が聞いてきた。

「おかげさまで。外国からわざわざ買いにいらっしゃる女性も増えました。世界中で女の人が、自慰をより快適に楽しもうとしているようです。もう三月から通販の売り上げがうなぎ昇りでして。アダルトグッズ業に関しては、前年同月比で三百パーセント増えています。特に『お湯で温めるだけで人肌淫棒』はロングセールスを続けていますね。先代が何度も工夫を重ねた作品ですから、毎日仏壇に手を合わせています」

株式会社『ＩＮＧ《イング》』の代表取締役、長岡健太郎《けんたろう》はパソコンのキーボードを叩きながら、週刊誌の記者に笑顔を見せてやった。

「やはり、温かいのが、いいのでしょうね？」

女性記者の目は、爛々《らんらん》としていた。

「はい。少々お待ちいただけますか」

健太郎は、机の脇にある段ボール箱から『津艶二〇二四』を取り出した。

熱伝導率の高い特殊シリコン製だ。

女性記者の顔がぽっと赤くなる。健太郎はつづけた。

「これ差し上げます。先代は、当初、お風呂の温度よりちょいと高い四十二度のお湯で十分ほど温める手法を取りましたが、その後、沸騰《ふっとう》する湯で煮込む方法を思いつきました。そこから、順に冷ますんです。どうぞ、お鍋《なべ》にこれを入れて沸騰させて使ってください。挿し込む前に頬に当てて確認するといいですよ」

何のことはない。

昭和四十三年二月、『ボンカレー』が発売されたその日に、父、長岡修造は、いずこかのアパートでその温めるだけで食えるカレーに舌鼓《したつづみ》を打ち、後の淫具に応用できまいか思いついたのである。

ひゅうひゅうと木枯らしの舞う黄昏時であったらしい。これからは、鍋にかけるだけで、こんなうまい物にありつけるのかと、心が躍ったという。

「あの、試し挿しとかはしていただけないんでしょうか？」

箱から淫具を取り出した女性記者が、腰をくねらせた。

「たっぷり宣伝してくれるんなら、あっしが試し挿しをいたします」

「私がページを持っている雑誌は五誌あります。それ全部とブログ、ＳＮＳでも発信します」

記者は力強く言った。

淫具屋稼業、無料で色《ロハ》は売ってはならぬ。

父とふたりの母の遺言だ。

健太郎は、昭和四十八年（一九七三年）生まれだが、奈緒子と美千代、どちらが母だったか聞かされていない。戸籍上も長岡修造の養子ということになっている。

「それならこちらへどうぞ」

健太郎は、女性記者を奥へと導いた。


〈了〉

あとがき

辰巳《たつみ》出版の「特選小説」に足かけ七年に亘《わた》り不定期連載された「昭和淫侠伝」をこのたび、大幅に加筆修正し、装いも新たに『流恋情話―昭和淫侠伝―』として刊行させていただいた。快く完成データを探し出してくれた「特選小説」の芦田《あしだ》隆介《りゅうすけ》氏にまず感謝したい。

もっともそれからが大変だった。専業作家になったばかりの頃に書いた作品はやはり穴だらけで、連作短編としての時制の混乱も甚だしい限りだった。

直しても直しきれなくて、何度も途方に暮れた。

新作を書いた方が早いのではないかと思いつつ、それでもこの作品をまとめ上げたいと執念を燃やしたのは、本作には作家としての僕の本性が埋め込まれているからだ。一章から三章までは出世作『処女刑事』が刊行される以前に掲載していただいている。「特選小説」なので、官能作品として書いたわけだが、いま読み返すと後に僕がアクションバイオレンスや時代小説に傾倒していく種子のようなものが、いくつもばらまかれている。

自分にとって原点とも言える連作短編である。

あとがき

物語は昭和三十七年の春から四十七年の梅雨時まで、惹かれ合うも逃亡を続ける男女の話だ。極道に雇われた淫具屋修造と娼妓上がりの色三味線師奈緒子。ともに裏街道を歩くふたりを通じて、昭和三、四十年代という時代の淫靡さを描きたかった。だが、筆の力はまだまだ意図するところまで届いていない。文庫化する際には、さらに手直ししたい。小説には完成形というものがないのだと、つくづく思う。

僕は花街に生きる男女がとても好きだ。友人も多かった。夜の街に生きる人たちの独特な矜持と見た目とは異なる純情さに触発されたものだ。本作の脇役には僕が出会った夜職の友人たちが幾人もモデルになっている。

長岡修造のモデルは映画「陽暉楼」(監督・五社英雄)の女衒の太田勝《だいかつ》造を演じた緒形拳である。奈緒子のモデルは特にない。が、執筆時に思い浮かべていたのは、二十代のころ夢中で読んでいた上村一夫の一連の作品に登場する、儚げでけれどもときに妖艶に輝く女性たちだった。明らかに僕は五社英雄氏と上村一夫氏の影響を受けている。

編集の松村由貴《まつむらよしたか》氏に、筆力足らずで自身の思いを描き切れてはいない、と正直に告白したところ、なんと松村氏が上村一夫氏の絵をお借りする許可を得てくれた。

万感の思いである。上村一夫氏の作品が僕の本の表紙になる。昭和の侠気を伝えるのに、これほど素晴らしい絵は他にない。

天の配剤に感謝し、上村一夫氏に捧げるものとなった。

もう少し、あとがきに付き合って欲しい。

官能小説についていろいろ語りたい。

株式会社ジーオーティーが、この官能倶楽部「悦」シリーズを創刊するにあたって、その帯に示された「新官能」とはなんぞやということについて、『デラべっぴん』（デジタル版）誌上で草凪優《くさなぎゆう》氏と対談を行った。

毒舌家のふたりの発言を聞き取りまとめてくれたのは同業の官能作家でもあり、また最近はノンフィクションライターとしても活躍する大泉《おおいずみ》りかさんだった。

面倒くさいふたりを上手く丸め込み、互いに相手の発言をよく聞かず好き勝手なことを喋《しゃべ》り倒す対談を、ものの見事にまとめてくれたのは、なんといっても大泉さんの手腕によるところが大きい。

あらためてここで謝辞を記しておきたい。

大泉りかさん本当にありがとう。

でも、まだ喋り足りない。

だいたい対談というのは終わってからのほうが、ああ言えばよかった、こう言えばよかったとなるものだ。

そこで今度はひとりで放談させていただく。

草凪さんが対談の冒頭で、ここに至るまでの官能小説の流れをざっと説明してくれた。

この二、三十年は、濡れ場ばかり書かれているハードポルノが主流となっているが、それ以前の官能小説といえば富島健夫《とみしまたけお》や宇能鴻一郎《うのこういちろう》の作品が人気だった。これに川上宗薫《かわかみそうくん》を加えてバブル時代の官能御三家とも称される時代があった。

僕が大好きだった豊田行二《とよだこうじ》や勝目梓《かつめあずさ》もこの頃の方々だ。

スポーツ紙や週刊誌に文芸系の官能小説を頻繁に連載し好評を得ていた時代のことだ。いずれも当時まだ存在した『文壇』の一角を担っていた作家たちで、総合文芸誌にもよく掲載されていた。

しかし時代が進むとオナニーをするのに濡れ場以外の物語部分がまどろっこしいというニーズが増えてきた。

究極濡れ場だけがあればよいという読者の急増だ。

AVでいえばドラマ部分やインタビュー部分をすべて早送りし、その場面だけを観るというのと似ている。

それに対応すべく官能専門レーベルがポルノに特化した作品を量産しはじめ、そこに特化した作家たちも多く現れた。

『面白い作品ではなく、抜ける作品を書く』

そう豪語する作家と編集者が業界に溢れかえる。官能レーベルも乱立した。総合出版社もこれに続いていく。

作家はストーリーではなく行為のバリエーションにばかりに腐心《ふしん》するようになった（草凪氏）。

僕も草凪さんもこれを否定していない。

官能小説には、そもそも新も旧もない。

目的は読者をいかに発情させられるか。その一点だけが問われるジャンルであり、平安の昔からそれは不変だ。

紫式部《むらさきしきぶ》も絶対自慰をしながら光源氏《ひかるげんじ》を書いていたに違いないのだ。

だがそのポルノ小説がぴたりと売れなくなっているのもまた現実だ。

出版不況だ、コロナ禍の間に駅前書店が減った、出張が減り車中で読まれなくなった、と言い訳はいろいろあろう。

いいや、僕は『完全に飽きられた』のが真実だと思う。

官能作家ではあるが、純然たるポルノ作家ではない僕が言うのは語弊《ごへい》があるかも知れないが、この勘は当たっていると思う。

確かに文芸系官能小説に取って代わったポルノ小説は隆盛を極めた。

だが三十年は長すぎた。その間にポルノであっても物語性を重視した作家はどんどん市場から退場させられ、編集者は売れ筋の類型にばかりこだわるようになった。

僕は音楽業界に長く身を置いたが、ブームの始まりの高揚感も去るときの厭世《えんせい》感も何度となく経験している。

ポルノ小説はブームが長かった部類に入る。

パイが小さく、他の文芸分野からは切り離されて、独自の殻の中で一定の読者を獲得してきたことも長く生きながらえてきた理由だろう。そのぶんだけ作家の競争率も他ジャンルに比して低かった。

特定の作家が何十年も君臨出来たのもそのせいだ。

他方、エロはかつて以上に一般化し、小さな殻の中のものではなくなってきた。

女性アイドルが平気で下ネタを言う。女風《じょふう》も花盛りだ。エロは閉鎖された男だけの空間ではなくなってしまっていることにどれだけの出版社が気づいているだろうか。

ネットでは無料で見られる無修正動画が氾濫し、自慰依存症という言葉までが溢れる世の中なのに、もはやそこに官能小説はアジャスト出来ていない。

間口を狭くし過ぎて、マニアックな読者ばかりしか入ってこれなくしてしまったからだ。

放尿プレイも乳首イキもその嗜好の強い読者には涎《よだれ》が出る題材だろうが、それを好む読者は、現在の初版部数の範囲内だ。

発情の仕方は十人十色だが、ヌキ小説の書き手や編集者の多くは、実は濡れ場の連続では読者が飽きてしまっているという現実に気づいてない。

ＡＶのインタビューシーンで女優が徐々にいやらしい表情に変わっていくところに発情する

視聴者が多いように、エロ小説といえどもそこに至る心理描写、男女が接近していく過程をじっくり読みたい読者の方が実は多い。

むしろ僕はそういう読者のほうがスケベの偏差値が高いと思っている。

草凪優さんや花房観音《はなぶさかんのん》さんが幅広い層の読者を獲得しているのは、なによりも心理描写とそこに至る経過の描き方が見事だからである。

だから本好き、小説好きが読む。

『書き手として他ジャンルでも評価を得るような官能作家しか生き残れない』――これが本来あるべき姿である。

八〇年代までの官能作家はそうであった。

宇能鴻一郎は芥川賞作家であり、オフィス物官能で一世を風靡《ふうび》した阿部牧郎《あべまきお》と、性豪小説で知られた清水正二郎《しみずしょうじろう》は（後に胡桃沢耕史《くるみざわこうし》と名義を変えて）直木賞を受賞している。

なにもそうした作家が偉いといっているわけではない。

官能も、いよいよそれだけの腕を持った作家の時代に戻るだろうと予測しているのだ。

文芸としての官能小説ならば、読者層は現在の数倍に広がる。もっと頭脳で感じて自慰をしたい読者は沢山いるはずだ。

僕はそう信じている。

この官能倶楽部「悦」の企画者、松村由貴氏とは僕が『第二回団鬼六賞』優秀作を受賞したときからの縁である。

当時松村氏は出版社の代表で「悦」という官能文芸誌を刊行していた。いわゆる『ヌキ小説』とは異なる文芸の香り漂う作品を並べた季刊誌であり、団鬼六賞はその「悦」が主催するものだった。

団鬼六氏こそが文壇に官能小説を定着させた第一人者であり、松村氏はその意思を引き継ぐべく、その名を冠した文芸賞を興した。

第一回の大賞が花房観音さん。優秀作が深志美由紀《みゆきみゆき》さん。

第二回の大賞はうかみ綾乃《あやの》さん。優秀作が沢里裕二《さわさとゆうじ》である。

改めて受賞者名を上げたのは、それ以外に受賞者は存在しないからである。

あたかも入賞者のごとく表示される『団鬼六賞ファイナリスト』は落選者でしかないと明言しておく。

文学賞にファイナリストという表現はなじまない。いかに最終候補作であっても選に漏れれば落選である。スポーツ競技におけるメダリスト以外の八位内入賞者とは異なる。

なぜ、こうまで書くかと言えば、ときに幻惑商法のようにこの名称が掲げられるのは、次席の優秀作受賞者としてもはなはだ不快だからである。

また高橋源一郎《たかはしげんいちろう》氏を委員長として実績ある作家陣が選考委員をつとめた団鬼六賞も、現時点ではこの「悦」バージョン以外に存在しない。

これ以前に雑誌社が企画として設けた団鬼六賞も存在するが、それらは別物である。もちろんそちらを偽物という気は全くない。ただし文学賞は選考したのが誰かで、趣を異にする。

松村氏とはかねがねこの『団鬼六賞』を復活させようと仕掛けている。

官能小説のプロデューサーとしてのキャリアは松村氏に及ばないが、僕もまた音楽業界でプロデューサーという名で仕事をしてきた。

一時期は扶桑社に在籍し『週刊SPA!』の副編集長も努めている。出版の素人でもない。よって松村氏になんとか協力し『第三回団鬼六賞』を実現させたいと、執筆の傍ら、人脈を駆使して新聞社、出版社、広告代理店に出向き、この文学賞が復活し、なおかつサスティナブルに運営出来るように懇願している。

それこそ官能小説の間口を広げる一方法だと思う。

新人賞は公募で、大賞はその年の文芸性の高い官能作品に授与するという手もあるのではないか。これを松村氏に提案している。

松村氏が主催する電子専門出版社『Aubebooks《オーブブックス》』の店長日記で表明している官能小説の概念をぜひ御一読願いたい。

同業者やこれまで世話になった官能専門レーベルの編集者から大バッシングを受けることを承知で、このあとがきを書いている。けれども言っておきたい。ぬるま湯に浸かっていると、出ると寒くて動けなくなりますぞ、と。

向かい風を全身に受けてでも、新しい読者を取りに行かないと官能小説は死滅する。
最後になるが、このリスクある『官能小説の改革』に手を差し伸べてくれた株式会社ジーオーティーの加藤賢氏にはいくら御礼を述べても、述べたりない。
加藤さん、もう少しだけ辛抱してくださいね。いまにジーオーティーが官能小説界の第一人者になる時代が来ますから！

二〇二四年八月八日。著者校正を終えて、思うがままに。

沢里裕二

【初出一覧】

津軽まんじゅう節　特選小説　二〇一三年一〇月号
ホテル湊屋　特選小説　二〇一四年五月号
博多っこ淫情　特選小説　二〇一四年一〇月号
浪花色しぐれ　特選小説　二〇一九年六月号
函館の女　特選小説　二〇一八年四月号（「遠くで演歌を聴きながら」改題）
墨東淫ら雨　特選小説　二〇二〇年八月号

※本書は右の連作短編を加筆修正のうえ設定年、人物名も含めて大幅改稿した。

流恋《はぐれ》情話《じょうわ》——昭和《しょうわ》淫侠伝《いんきょうでん》

沢里《さわさと》裕二《ゆうじ》

2024年 10月 11日　初版発行

企画／松村由貴（大航海）

装幀／遠藤智子

装画／上村一夫／上村一夫オフィス

発行人／加藤 賢

発売所／株式会社ジーオーティー

〒 106-0032 東京都港区六本木 3-16-13-409

電話 03-5843-0034

https://www.gotbb.jp/

印刷製本／TOPPANクロレ株式会社

ISBN978-4-8236-0751-6

月孕む女

小玉二三
Fumi Kodama

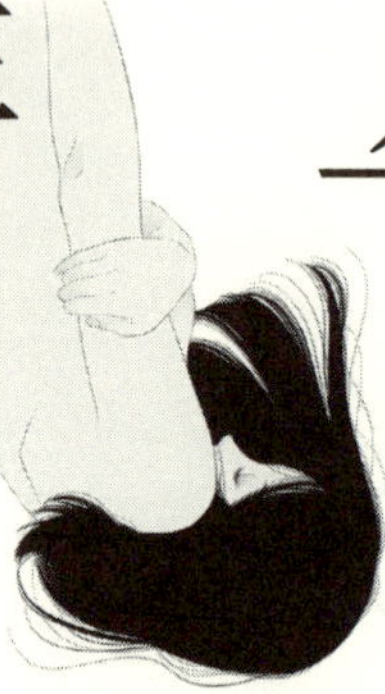

自分はまだ女だろうか——もう若くはない体を
かき乱したのは、故郷での不意の出会いだった。
心を埋めるには、肌を重ねるしかないのだろうか。
二人の男との出会いで見えたものは——

官能倶楽部
悦
GOT

年上の夫との結婚生活は穏やかで、悪くいえばつまらなかった。自分はこのまま夫の隣で老いていくだけなのだろうか…。そんな思いを抱えた美砂子が実家の処分のために帰郷した際、青年・蒼と出会い、得体の知れない感情に振り回されることになる。それから逃げるように、思い出の露天風呂に行くと、そこで彫り師の宍倉と出会う。宍倉と情を交わした美砂子は、かつてないほどの官能を得るが、蒼との縁も切れてはおらず…。

新官能

定価：1,485円（10%税込）